阅读之前 没有真相

午 夜 文 库

阿加莎·克里斯蒂

赫尔克里·波洛系列

阿加莎·克里斯蒂
Agatha Christie（1890—1976）

无可争议的侦探小说女王，侦探文学史上最伟大的作家之一。

阿加莎·克里斯蒂原名为阿加莎·玛丽·克拉丽莎·米勒，一八九〇年九月十五日生于英国德文郡托基的阿什菲尔德宅邸。她几乎没有接受过正规的教育，但酷爱阅读，尤其痴迷于歇洛克·福尔摩斯的故事。

第一次世界大战期间，阿加莎·克里斯蒂成了一名志愿者。战争结束后，她创作了自己的第一部侦探小说《斯泰尔斯庄园奇案》。几经周折，作品于一九二〇年正式出版，由此开启了克里斯蒂辉煌的创作生涯。一九二六年，《罗杰疑案》由哈珀柯林斯出版公司出版。这部作品一举奠定了阿加莎·克里斯蒂在侦探文学领域不可撼动的地位。之后，她又陆续出版了《东方快车谋杀案》《ABC 谋杀案》《尼罗河上的惨案》《无人生还》《阳光下的罪恶》等脍炙人口的作品。时至今日，这些作品依然是世界侦探文学宝库里最宝贵的财富。根据她的小说改编而成的舞台剧《捕鼠器》，已成为世界上公演场次最多的剧目；而在影视改编方面，《东方快车谋杀案》为英格丽·褒曼斩获奥斯卡大奖，《尼罗河上的惨案》更是成为几代人心目中的经典。

阿加莎·克里斯蒂的创作生涯持续了五十余年，总共创作了八十余部侦探小说。她的作品畅销全世界一百多个国家和地区，累计销量已经突破二十亿册。她创造的小胡子侦探波洛和老处女侦探马普尔小姐为读者津津乐道。阿加莎·克里斯蒂是柯南·道尔之后最伟大的侦探小说作家，是侦探文学黄金时代的开创者和集大成者。一九七一年，英国女王授予克里斯蒂爵士称号，以表彰其不朽的贡献。

一九七六年一月十二日，阿加莎·克里斯蒂逝世于英国牛津郡沃灵福德家中，被安葬于牛津郡的圣玛丽教堂墓园，享年八十五岁。

波洛系列

1920 The Mysterious Affair at Styles《斯泰尔斯庄园奇案》
1923 Murder on the Links《高尔夫球场命案》
1924 Poirot Investigates《首相绑架案》
1926 The Murder of Roger Ackroyd《罗杰疑案》
1927 The Big Four《四魔头》
1928 The Mystery of the Blue Train《蓝色列车之谜》
1932 Peril at End House《悬崖山庄奇案》
1933 Lord Edgware Dies《人性记录》
1934 Murder on the Orient Express《东方快车谋杀案》
1935 Three—Act Tragedy《三幕悲剧》
1935 Death in the Clouds《云中命案》
1936 The ABC Murders《ABC 谋杀案》
1936 Murder in Mesopotamia《古墓之谜》
1936 Cards on the Table《底牌》
1937 Dumb Witness《沉默的证人》
1937 Death on the Nile《尼罗河上的惨案》
1937 Murder in the Mews《幽巷谋杀案》
1938 Appointment with Death《死亡约会》
1938 Hercule Poirot's Christmas《波洛圣诞探案记》
1940 Sad Cypress《H 庄园的午餐》
1940 One, Two, Buckle My Shoe《牙医谋杀案》
1941 Evil Under the Sun《阳光下的罪恶》
1943 Five Little Pigs《五只小猪》
1946 The Hollow《空幻之屋》
1947 The Labours of Hercules《赫尔克里 · 波洛的丰功伟绩》
1948 Taken at the Flood《顺水推舟》
1952 Mrs. McGinty's Dead《清洁女工之死》
1953 After the Funeral《葬礼之后》
1955 Hickory Dickory Dock《山核桃大街谋杀案》
1956 Dead Man's Folly《弄假成真》
1959 Cat Among the Pigeons《鸽群中的猫》
1960 The Adventure of the Christmas Pudding《雪地上的女尸》

1963 The Clocks《怪钟疑案》

1066 Third Girl《第三个女郎》

1969 Hallowe′en Party《万圣节前夜的谋杀》

1972 Elephants Can Remember《大象的证词》

1974 Poirot′s Early Stories《蒙面女人》

1975 Curtain—Poirot′s Last Case《帷幕》

马普尔小姐系列

1930 The Murder at the Vicarage《寓所谜案》

1932 The Thirteen Problems《死亡草》

1942 The Body in the Library《藏书室女尸之谜》

1943 The Moving Finger《魔手》

1950 A Murder Is Announced《谋杀启事》

1952 They Do It with Mirrors《借镜杀人》

1953 A Pocket Full of Rye《黑麦奇案》

1957 4.50 from Paddington《命案目睹记》

1962 The Mirror Crack′d from Side to side《破镜谋杀案》

1964 A Caribbean Mystery《加勒比海之谜》

1965 At Bertram′s Hotel《伯特伦旅馆》

1971 Nemesis《复仇女神》

1976 Sleeping Murder《沉睡谋杀案》

1979 Miss Marple′s Final Cases《马普尔小姐最后的案件》

其他系列及非系列

1922 The Secret Adversary《暗藏杀机》

1924 The Man in the Brown Suit《褐衣男子》

1925 The Secret of Chimneys《烟囱别墅之谜》

1929 Partners in Crime《犯罪团伙》

1929 The Seven Dials Mystery《七面钟之谜》

1930 The Mysterious Mr. Quin《神秘的奎因先生》

1931 The Sittaford Mystery《斯塔福特疑案》

1933 The Witness for the Prosecution and Other Stories《控方证人》

1934 Why Didn′t They Ask Evans?《悬崖上的谋杀》

加莎·克里斯蒂 侦探作品年表

1934 The Listerdale Mystery《金色的机遇》

1934 Parker Pyne Investigates《惊险的浪漫》

1939 Murder Is Easy《逆我者亡》

1939 And Then There Were None《无人生还》

1941 N or M?《桑苏西来客》

1944 Towards Zero《零点》

1945 Sparkling Cyanide《闪光的氰化物》

1945 Death Comes as the End《死亡终局》

1949 Crooked House《怪屋》

1950 Three Blind Mice and Other Stories《三只瞎老鼠》

1951 They Came to Baghdad《他们来到巴格达》

1954 Destination Unknown《地狱之旅》

1958 Ordeal by Innocence《奉命谋杀》

1961 The Pale Horse《灰马酒店》

1967 Endless Night《长夜》

1968 By the Pricking of My Thumbs《煦阳岭的疑云》

1970 Passenger to Frankfurt《天涯过客》

1973 Postern of Fate《命运之门》

1991 Problem at Pollensa Bay《神秘的第三者》

1997 While the Light Lasts《灯火阑珊》

出版前言

纵观世界侦探文学一百七十余年的历史，如果说有谁已经超脱了这一类型文学的类型化束缚，恐怕我们只能想起两个名字——一个是虚构的人物歇洛克·福尔摩斯，而另一个便是真实的作家阿加莎·克里斯蒂。

阿加莎·克里斯蒂以她个人独特的魅力创造着侦探文学史上无数的传奇：她的创作生涯长达五十余年，一生撰写了八十余部侦探小说；她开创了侦探小说史上最著名的“黄金时代”；她让阅读从贵族走入家庭，渗透到每个人的生活中；她的作品被翻译成一百多种文字，畅销全球一百五十余个国家，作品销量与《圣经》《莎士比亚戏剧集》同列世界畅销书前三名；她的《罗杰疑案》《无人生还》《东方快车谋杀案》《尼罗河上的惨案》都是侦探小说史上的经典；她是侦探小说女王，因在侦探小说领域的独特贡献而被册封为爵士；她是侦探小说的符号和象征。她本身就是传奇。沏一杯红茶，配一张躺椅，在暖暖的阳光下读阿加莎的小说是一种生活方式，是惬意的享受，也是一种态度。

午夜文库成立之初就试图引进阿加莎的作品，但几次都与版权擦肩而过。随着午夜文库的专业化和影响力日益增强，阿加莎·克里斯蒂的版权继承人和哈珀柯林斯出版公司主动要求将版权独家授予新星出版社，并将阿加莎系列侦探小说并入午夜文库。这是对我们长期以来执着于侦探小说出版的褒奖，是对我们的信任与鼓励，更是一种压力和责任。

新版阿加莎·克里斯蒂作品由专业的侦探小说翻译家以最权威的英文版本为底本，全新翻译，并加入双语作品年表和阿加莎·克里斯蒂家族独家授权的照片、手稿等资料，力求全景展现“侦探女王”的风采与魅力。使读者不仅欣赏到作家的巧妙构思、离奇桥段和睿智语言，而且能体味到浓郁的英伦风情。

阿加莎作品的出版是一项系统工程，规模庞大，我们将努力使之臻于完美。或存在疏漏之处，欢迎方家指正。

新星出版社

午夜文库编辑部

Agatha Christie

Over the next few years, we plan to celebrate two very important Agatha Christie anniversaries. In 2015, it is the 125th anniversary of her birth in Torquay, South Devon, England, and in 2020 it will be 100 years after her first book, THE MYSTERIOUS AFFAIR AT STYLES, featuring her famous detective, Hercule Poirot, was published. This is therefore a very appropriate moment to publish a new edition of her works, and I am delighted that HarperCollins has chosen to work with New Star on these new editions. New Star is China's top crime publisher, and has a strong and dedicated editorial staff and a confirmed passion for Agatha Christie, making them the ideal partner. It is the right time to make these classic books available in modern translations and so to bring Agatha Christie's books anew to her many fans in China, giving them a new reason to re-read these much-loved stories, as well as introducing them to a whole new audience. How delighted Agatha Christie would have been that her stories (as she called them) are still giving so much pleasure to so many people all over the world!

I think there are two very remarkable things about Agatha Christie's stories. The first is that they are so adaptable. It doesn't really matter which language they appear in, the stories and the plots still give the same thrill, still provide the same puzzles, and the characters still have the same attraction. Readers in China will I am sure enjoy Hercule Poirot and Miss Marple just as much as we do in England, and readers in China will still be transfixed by the surprises and horrors of AND THEN THERE WERE NONE, one of the great classics of 20th century detective fiction, as we are here.

Agatha Christie

The second is that the stories give a wonderful picture of England, particularly rural England, at the time Agatha Christie lived. She wrote books from 1920 until 1970 but it is sometimes hard to tell which part of her life each book was written in. Her characters and the life they lived were very much the same. The life we all live is changing very quickly these days but "the Agatha Christie world stays the same. Perhaps the Miss Marple stories provide the best example of this, and in some ways THE BODY IN THE LIBRARY and NEMESIS are quite similar, despite the fact that thirty years elapsed between the time they were written.

Perhaps I might end by mentioning three Agatha Christies (other than the ones mentioned above) which I think demonstrate why she is so popular, even in the twenty-first century. The first is MURDER ON THE ORIENT EXPRESS, one of the most famous with one of the most ingenious and human plots. Read this on one of your long train journeys in China! Next is A MURDER IS ANNOUNCED, a Miss Marple which was her 50th book. It has my favourite murderer in it! And last is ENDLESS NIGHT a story about evil and how it affects three young people, written at the time when I knew her best, and understood how deeply she cared and sympathised with young people and the world they lived in.

Whichever are your favourites I hope you enjoy these stories that New Star are introducing to you again. I think it is a great publishing event.

Mathew

Grandson of Agatha Christie

Chairman of Agatha Christie Ltd

致中国读者

（午夜文库版阿加莎·克里斯蒂作品集序）

在未来的几年中，我们将要筹备两个非常重要的关于阿加莎·克里斯蒂的纪念日。二〇一五年是她的一百二十五岁生日——她于一八九〇年出生于英国的托基市；二〇二〇年则是她的处女作《斯泰尔斯庄园奇案》问世一百周年的日子，她笔下最著名的侦探赫尔克里·波洛就是在这本书中首次登场。因此新星出版社为中国读者们推出全新版本的克里斯蒂作品正是恰逢其时，而且我很高兴哈珀柯林斯选择了新星来出版这一全新版本。新星出版社是中国最好的侦探小说出版机构，拥有强大而且专业的编辑团队，并且对阿加莎·克里斯蒂的作品极有热情，这使他们成为我们最理想的合作伙伴。如今正是一个良机，可以将这些经典作品重新翻译为更现代、更权威的版本，带给她的中国书迷，让大家有理由重温这些备受喜爱的故事，同时也可以将它们介绍给新的读者。如果阿加莎·克里斯蒂知道她的小故事们（她这样称呼自己的这些作品）仍然能给世界上这么多人带来如此巨大的阅读享受，该有多么高兴啊！

我认为阿加莎·克里斯蒂的作品有两个非常重要的特

征。首先它们是非常易于理解的。无论以哪种语言呈现，故事和情节都同样惊险刺激，呈现给读者的谜团都同样精彩，而书中人物的魅力也丝毫不受影响。我完全可以肯定，中国的读者能够像我们英国人一样充分享受赫尔克里·波洛和马普尔小姐带来的乐趣；中国读者也会和我们一样，读到二十世纪最伟大的侦探经典作品——比如《无人生还》时，被震惊和恐惧牢牢钉在原地。

第二个特征是这些故事给我们展开了一幅英格兰的精彩画卷，特别是阿加莎·克里斯蒂那个年代的英国乡村。她的作品写于二十世纪二十年代至七十年代间，不过有时候很难说清楚每一本书是在她人生中的哪一段日子里写下的。她笔下的人物，以及他们的生活，多多少少都有些相似。如今，我们的生活瞬息万变，但“阿加莎·克里斯蒂的世界”依旧永恒。也许马普尔小姐的故事提供了最好的范例：《藏书室女尸之谜》与《复仇女神》看起来颇为相似，但实际上它们的创作年代竟然相差了三十年。

最后，我想提三本书，在我心目中（除了上面提过的几本之外）这几本最能说明克里斯蒂为什么能够一直受到大家的喜爱。首先是《东方快车谋杀案》，最著名，也是最机智巧妙、最有人性的一本。当你在中国乘火车长途旅行时，不妨拿出来读读吧！第二本是《谋杀启事》，一个马普尔小姐系列的故事，也是克里斯蒂的第五十本著作。这本书里的诡计是我个人最喜欢的。最后是《长夜》，一个关于邪恶如何影响三个年轻人生活的故事。这本书的写作时间正是我最了解她的时候。我能体会到她对年轻人以及他们生活的世界关心至深。

现在新星出版社重新将这些故事奉献给了读者。无论你最爱的是哪一本，我都希望你能感受到这份快乐。我相信这是出版界的一件盛事。

阿加莎·克里斯蒂外孙

阿加莎·克里斯蒂有限责任公司董事长

马修·普理查德

二〇一三年二月二十日

阿加莎·克里斯蒂侦探作品集㉝

帷幕

Curtain: Poirot's Last Case

[英]阿加莎·克里斯蒂 著
李杨 译

新 星 出 版 社 NEW STAR PRESS

第一章

1

当往事再临，重温旧梦，有谁能不为之心头一惊？

“一切都似曾相识……”

为何这几个字总能如此打动人心？

当我遥望火车窗外埃塞克斯平原的景色时，不由得这样问自己。

我上次踏上同样的旅程是多久之前的事了？那时的我曾以为自己人生的巅峰已经过去，如今想来真是可笑！令我负伤的那场战争永远地成为我心中“战争”的代名词——虽然关于它的记忆已经随着那更为惨烈的二战而逐渐逝去。

一九一六年，年轻的亚瑟·黑斯廷斯觉得自己已经足够成熟，岂知人生才刚刚开始。

那时我万万没有想到，自己即将遇到那个会改变我生命的男人。当时我是要去找我的老朋友约翰·卡文迪什，而他再婚不久的母亲名下有一座名为斯泰尔斯的乡村庄园。我一心盼着与老友重聚，做梦也想不到自己即将卷入一场神秘的凶案。

而正是在斯泰尔斯庄园，我又重新见到了赫尔克里·波洛，那个曾在比利时和我有过一面之缘的小个子男人。

我至今仍记得看到那个留着小胡子的身影跛着脚沿着乡村小路走来时，我是多么惊讶。

赫尔克里·波洛！从那之后我们就成了最好的朋友，而他对我的影响也彻底改变了我的生活。在与他朝夕相处、揭穿一个又一个杀人凶犯的过程中，我结识了我的妻子，我最真挚、最甜蜜的伴侣。

如今她已在阿根廷的土地中长眠。她的死完全如她所愿，没有长时间的病痛折磨，也没有年老力衰的虚弱无助。唯独留我一人，凄冷孤独。

啊！如果可以回到过去，重新来过该有多好。如果时光可以转回一九一六年我首次来到斯泰尔斯庄园的那一天……物是人非，沧海桑田！斯泰尔斯庄园已经易主。约翰·卡文迪什过世，只留下他的妻子玛丽（那个迷人的谜一样的女人）住在德文郡。劳伦斯则跟妻儿搬到了南非。改变——一切都变了。

只有一件事没变。我此去斯泰尔斯，还是要见赫尔克里·波洛。

接到他从埃塞克斯的斯泰尔斯庄园寄来的信时，我完全惊呆了。

我已经将近一年没有与这位老朋友见面了。我上次见他时既吃惊又感伤。垂暮之年的波洛饱受关节炎困扰，近乎残疾。他在给我的信中提到为了恢复健康曾去埃及疗养，但回来时情况反而越发糟糕。尽管如此，他的口吻依旧轻松欢愉……

2

我的朋友，难道我这封信的发信地址没有引起你的好奇？它能唤起很多旧时的回忆吧？没错，我现在就在斯泰尔斯。你知道吗？如今的斯泰尔斯庄园已经变成所谓的“高级旅馆”了。老板是一位典型的英国上校——他不仅是名校出身，还曾在印度任职。不过实际的经营大权掌握在老板娘手里。她精于管理，不过唇舌如剑，可怜的上校没少吃夫人的苦头。要换了我可受不了！

我在报纸上看到他们发的广告，出于好奇决定回来看看，毕竟这里是我初到英国之时的落脚之地。人到了我这个年纪就是喜欢重温旧梦。

我在这儿遇到了一位绅士。这位准男爵是你女儿的雇主的朋友。（这个说法是不是听起来有点像法语？）

于是我有了这样一个想法。准男爵想邀请富兰克林夫妇来此度夏，我想说服你也过来，这样我们就能像家人一样团聚了。那当然是最好不过的了。所以啊，我亲爱的黑斯廷斯，赶快来吧。我让他们给你留了一间有浴室的房间（你应该可以想象到，历史悠久的斯泰尔斯庄园如今也现代化了），而且经过与勒特雷尔上校夫人反复地讨价还价，她终于同意给我一个便宜的价格。

富兰克林夫妇和你那漂亮的女儿朱迪斯前几天已经到了。万事俱备，别磨蹭了。

再见。

你永远的

赫尔克里·波洛

听起来不错，于是我不假思索地遵从了我那位老朋友的意愿。我没什么亲人，也没有固定住处。一个儿子在海军服役，另一个已经结婚，在阿根廷经营牧场。我的大女儿格蕾丝嫁给了一位军人，现居印度。再就是朱迪斯了。我心里其实一直最喜欢她，不过我一直没有真正理解她。这孩子生性古怪，难以捉摸，心里有什么事从不对别人说，这一点时常让我感到沮丧。我妻子比我更懂她。她宽慰我说，朱迪斯性格本就如此，倒不是因为她不信任我们。但我妻子有时也会像我一样担心。她说朱迪斯的感情太强烈、太集中，而她本性中的内敛让她失去了一个释放压力的渠道。她常常若有所思地陷入沉默，却又近乎顽固地坚持己见。她的头脑比家里其他人都要好，因此当她提出想上大学时，我们欣然同意。她一年前获得理科学士学位，毕业后给一位研究热带疾病的医生当秘书。那位医生的夫人似乎身体不佳。

我曾经疑心朱迪斯对工作如此投入是不是因为爱上了她的雇主，但他们之间公事公办的关系让我打消了这种忧虑。

我相信朱迪斯是爱我的，但她天生不是那种擅长表达感情的人。她说我观念陈旧，太过感情用事，时常对我报以不耐烦的冷嘲热讽。坦白地讲，我多少有些害怕我的小女儿！

这时，火车即将抵达斯泰尔斯圣玛丽车站，我也从沉思中醒来。至少这座车站还没什么变化。分秒流逝的时间似乎忘却了这里。它仍兀自矗立在田野中，与周遭环境格格不入。

但当出租车穿过村镇时，我还是清楚地意识到了时间的流逝。今天的斯泰尔斯圣玛丽与昔日完全不同。加油站、电影院、两家旅店和几排镇政府修建的简易房都是当初没有的。

转眼就到了斯泰尔斯庄园门口。这里似乎并未发生太大变化。庭院跟我记忆中几乎一模一样，不过车道保养不善，杂草长得老高。车拐了一个弯就看到了宅子。房屋表面的结构和装饰并没有改变，不过油漆已经褪色很严重了。

这时，一位女士在花圃中弯腰劳作的身影映入我的眼帘，一如多年前我初次来到这里的时候。我的心一瞬间停止了跳动。待到那个人直起身向我走来，我才哑然失笑。她跟那时精力充沛的伊芙琳·霍华德有着天壤之别。

迎面向我走来的是一位上了年纪的老太太。她满头的白发浓密卷曲，两颊泛红。她的态度和蔼可亲——老实讲，我觉得有点热情过度——但一双蓝色的眼睛却显出极不相称的冷淡。

“这位是黑斯廷斯上尉吧？”她问道，“我满手是泥，没法跟您握手。我们久闻您的大名，今天能见到您实在太高兴了！我先向您做个自我介绍吧。我是勒特雷尔夫人。我和我丈夫当初一时兴起买下了这座庄园，之后就一直想着怎么靠它赚点儿钱花。我以前从没想过我会开旅馆！不过我得有言在先，黑斯廷斯上尉，我是个公事公办的人。我可一分钱都不会少收你的。”

我们俩都笑了，就像刚刚听到了一个很好玩的笑话，但是我心里觉得勒特雷尔太太说的完全不是玩笑。在她和善老妇的面具下，我察觉到一丝强硬的态度。

勒特雷尔太太说话偶尔会带点儿爱尔兰口音，但其实她没有爱尔兰血统，只是装装样子。

我向勒特雷尔太太问起了我的朋友。

“啊，可怜的小波洛。他一直眼巴巴地盼着你来呢。那种期盼就算是铁石心肠的人也会感动的。他身体那么糟，我真为他难过。”

我们一起朝宅子走，她边走边摘掉园丁手套。

“还有您那位漂亮的女儿，”她接着说，“她多可爱呀！我们都特别喜欢她。可是您知道，我是老派人，我觉得像她那样一个漂亮的姑娘就应该跟小伙子们出去聚会、跳舞，可现在她整天不是解剖兔子就是弯腰盯着显微镜，真是太可惜了。要我说，那种活儿就应该让那些土妞们干。”

“朱迪斯现在在哪儿？”我问道，“她在这附近吗？”

勒特雷尔太太做了一个孩子们所说的“鬼脸”。

“啊，那个可怜的小姑娘。她应该在花园地下的实验室里。富兰克林博士从我这儿租了那个地方，里面设施一应俱全。他在那儿养了好多实验用的小动物，可怜的小家伙，老鼠啊兔子什么的。黑斯廷斯上尉，科学那类东西我可不太喜欢。啊，我丈夫来了。”

勒特雷尔上校刚好从宅子拐角转出来。他身材高大瘦削，面容憔悴，长着一双温柔的蓝眼睛，正若有所思地捻他那花白的小胡子。

他看上去犹疑不决，显得十分紧张。

“啊，乔治，黑斯廷斯上尉来了。”

勒特雷尔上校过来跟我握手。“你是坐五点——不对——五点四十的列车过来的吧？”

“不然还能坐哪趟车啊？”勒特雷尔太太尖刻地说，“再说黑斯廷斯上尉坐哪趟车来的又怎样？带他上楼到他的房间去，乔治。黑斯廷斯上尉之后恐怕还得去找波洛先生呢——还是您想先喝点儿茶？”

我告诉她不用喝茶了，我想直接去见我的朋友。

勒特雷尔上校说：“那好。跟我来吧。估计——唔——他们应该已经把您的行李拿上楼去了——是吧，黛西？”

勒特雷尔太太厉声说道：“那是你的事，乔治。我一直在整理花园。不能什么都指望我做啊。”

“那是，那是，当然了。我——我来吧，亲爱的。”

我跟着他走上大门前的台阶。我们在门口遇上一个灰色头发的男人，身材较瘦，拿着一只双筒望远镜急匆匆地往外走。他走路有些跛，脸上带着一种孩子般的急切。他说话时略有些口吃：“枫树上有两只黑冠雀正在筑……筑巢。”

我们走进大厅，勒特雷尔告诉我：“刚才那位叫诺顿。人不错。是个鸟类爱好者。”

大厅里，桌子旁边站着一个身材魁梧的男人。他显然刚打完电话，抬头看着我们说：“我真想把所有的承包商和建筑师都绞死、剖腹，然后分尸。什么事都做不好，去他们的。”

他虽然满腔愤恨，看上去却既滑稽又可怜，弄得我和勒特雷尔上校不禁都笑了。我立刻觉得眼前这个男人很亲切。他虽然已经年过半百，却仍然十分英俊，面色黝黑。他似乎曾经历过长时间的野外生活，看上去也确实是那种越来越罕见的老派英国人，直爽、喜欢野外生活、具有主导力。

通过勒特雷尔上校的介绍，我得知这位是威廉·博伊德·卡灵顿爵士，对此我几乎没有感觉到意外。我知道他曾经做过印度一个邦的首长，并且十分成功。他还是著名的神枪手和优秀猎手。总之，像他这样的男人在这个堕落的时代已经很少见了。

“啊哈，”他说，“能亲眼见到大名鼎鼎的‘我的朋友’黑斯廷斯，真是一件幸事。”说到这儿他大笑起来，“那个比利时老伙计经常提起你。而且令爱也在这里。她真是个漂亮的姑娘。”

“我估计朱迪斯没怎么提起过我。”我微笑着说。

“确实，确实，她可是个现代的姑娘。现在的女孩们说起父母就面露难色，恨不得说自己没有父母才好。”

“对他们来说，”我回答道，“父母简直就是一种耻辱。”

他也笑了。“唔——我倒不用操这个心。因为我一个孩子都没有，比你运气还差。你们家朱迪斯非常漂亮，但是学问太大了，让我觉得有点害怕。”说着他又抄起电话听筒，“一会儿我要是说话太难听你可别介意啊，勒特雷尔。我可不是个有耐心的人。”

“好好收拾收拾他们。”勒特雷尔说。

勒特雷尔在前面领路，我跟着他上了楼。他带着我拐进左侧配楼，一直走到走廊尽头，我这才意识到波洛给我选的这个房间正是我上次来时住的那间。

房间里面还是有些变化的。有些房间的门是敞开的，我从走廊经过时，发现原先一些古朴的大卧室已经被隔成了几个小间。

我的房间原本面积就不大，所以基本没怎么变样，只是新装了冷热水，此外还有一小部分隔成了一个小浴室。房间的装潢和家具都是廉价的现代风格，这一点让我大失所望。我还是喜欢跟庄园本身接近的装饰风格。

我的行李已经放进了房间，上校告诉我波洛的房间就在对门。他刚要带我过去，楼下大厅里就传来一声尖利的叫喊声：“乔治！”

勒特雷尔上校像受惊的马儿一样吓得一哆嗦，随即用手捂住了嘴。

“我——我——想您没什么事了吧？需要什么就按铃——”

“乔治！”

“来了，亲爱的，来了。”

他急忙冲出房间往楼下赶。我目送他走远，这才穿过走廊，满怀着紧张和期待，敲了敲波洛的房门。

第二章

在我看来，没有什么比岁月流逝对人的摧残更令人难过了。

我可怜的朋友。我以前曾多次向各位描述过他，但这次我见到的波洛与以往大不相同。因关节炎而几乎瘫痪的他如今只能靠轮椅到处走动。他那曾经圆鼓鼓的身材如今变得瘦小干枯。他的脸上堆满皱纹。他的胡子和头发虽然依旧乌黑，但老实说这是个错误——我不想伤害我朋友的感情，所以这话我不会对他直说的。染黑的头发总有一天会显得突兀。第一次得知波洛满头的乌发全拜染发剂所赐的时候，我十分惊讶。如今，那种喜剧效果已经十分明显，给人感觉就好像他是故意戴上假发、贴上假胡子要哄小孩子高兴似的！

只有那双眼睛一如既往，精明而闪亮，而且——毫无疑问——因为内心的感情而散发出柔和的光芒。

“啊，我的朋友黑斯廷斯——我的朋友黑斯廷斯……”

我俯下身，他一如当年一样热情地拥抱了我。

“我的朋友黑斯廷斯！”

他仰靠在椅背上，微微偏着头左右打量我。

“嗯，你还是老样子——笔直的后背、宽阔的肩膀、灰色的头发——真漂亮。我的朋友，你保养得真好。女人还是对你感兴趣的，对吧？”

“说真的，波洛，”我抗议道，“你非要——”

“你听我说，我的朋友，这是一种测试魅力的方式——是测试。如果年轻女孩子们走过来特别和气地跟你说话，非常友善——那就没戏了！‘那个可怜的老头子，’她们说，‘我们得对他好点儿。像他那样太可怜了。’但你不一样，黑斯廷斯——你还年轻，仍然有希望。对，你整整胡子、挺胸抬头——我是认真的——你看上去就不会这么羞怯了。”

我忍不住笑了出来。“我真服了你了，波洛。你怎么样？”

“我啊，”波洛做了个鬼脸，“废人一个。一个废人。不能走路，几乎瘫痪。幸好我还能自己吃饭，否则就真得找人像照料孩子一样伺候我了。每天把我抬到床上，给我擦身子、穿衣服，一直到死。一点儿都不好玩。幸好，虽然我身体不行了，里面还没坏。”

“的确。你有世界上最美丽的心。”

“心？也许吧。我指的不是心脏。我说的里面啊，我亲爱的朋友，是脑子。我的大脑仍然灵敏如初。”

我能清楚地感觉到他的头脑一点儿也没有生锈。

“你在这儿住得怎么样？”我问道。

波洛耸耸肩。“还行吧。你也知道，这里毕竟不是丽兹酒店。天壤之别。我第一次来时住的那个房间太小，而且家具也不齐全。所以我就搬到这间屋子来了，不过价格还是一样。说到伙食，这里的伙食是我在英国吃到的最差的。这儿的孢子甘蓝块大而且硬，可是英国人特别喜欢。土豆不是煮得半生不熟就是碎成了渣。蔬菜怎么吃都是白开水的味儿。任何菜品都吃不出一丁点儿盐或者胡椒——”他意味深长地停了一下。

“听起来真糟糕。”我说。

“我没什么好抱怨的，”波洛说，但还是接着抱怨起来，“还有那所谓的现代化。浴室里到处都是水龙头，可是水龙头里流出来的是什么呢？不凉不热的温吞水，我的朋友，一天到晚多数时候都是如此。还有毛巾，那么薄，还就只有那么几条！”

“看来旧日的时光也并非一无是处啊。”我沉思道。我想起斯泰尔斯庄园原先唯一的浴室里，水龙头一拧开就会喷涌而出的热气，以及那骄傲地矗立在浴室正中央的桃花心木包边的巨大浴缸。还有那宽大的浴巾、老式的脸盆，以及盆里那擦得锃亮、装满滚烫开水的铜壶。

“但人不能总是满腹牢骚。”波洛又说，“我能忍受——当然，这是有原因的。”

一个念头突然涌上我的心头。

“我说，波洛，你不会是——呃——没钱花了吧？我听说好多投资在战争中都损失惨重——”

波洛马上告诉我别担心。

“没有，没有，我的朋友。我现在过得很自在。甚至可以不夸张地说，我很有钱。我来这儿不是为了省钱。”

“那就好。”我说。我接着说道：“我觉得我可以理解你的感受。随着一个人年纪越来越大，就越来越喜欢回忆原来的日子。上年纪的人总喜欢重温昔日的情感。从某种程度上说，这个地方让我感到难受，但来到这里，让我回想起许多我已经忘记的思绪和感情。我估计你也是一样。”

“根本不是。我完全没有那样的感觉。”

“那些都是美好的时光啊！”我悲伤地说。

“你说的可能是你的感受，黑斯廷斯。对我来说，我当时初到斯泰尔斯圣玛丽的时候正处在不幸和痛苦当中。我是个难民，负了伤，有家难归，有国难投，只能靠他人好心的收留在异国流浪。那段日子一点儿也不快乐。我那时根本没有想到英国会成为我的第二故乡，没有想到我会再次找到幸福。”

“我把这个忘了。”我承认。

“正是如此。你总是把自己的感受投射到他人身上。黑斯廷斯高兴的时候，所有人都是高兴的！”

“才不是呢。”我笑着反对。

“不管怎么说，这都不是真的。”波洛继续说，“你回首往事的时候总会热泪盈眶地说：‘哦，那些快乐的日子啊。那时我多么年轻。’但实际上呢，我的朋友，你那个时候也不像你现在认为的那么快乐。当时的你负伤初愈，总是担心自己没法再继续服役了。刚从阴暗的疗养院搬出来的你仍然郁闷不已，而且如果我记得没错的话，你同时爱上两个女人，简直是雪上加霜。”

我笑了，脸也不由自主地红了。

“你记性真好啊，波洛。”

“那是自然——我现在还记得你一边嘟囔着关于两个可爱女人的傻话，一边悲伤地叹气。”

“你还记得你那时说的话吗？你说：‘她们两个都不适合你！你要振作起来啊，我的朋友。我们可以一起追捕凶犯，然后或许就——’”

说到这儿我停住了。因为后来我和波洛为了一起凶案前往法国，竟然真的在那里邂逅了那个女人……

我的朋友轻轻拍了拍我的胳膊。

“我明白，黑斯廷斯，我明白。你的伤口还没有愈合。但你不能纠缠着这件事不放，不要再回头看了。你应该向前看。”

我做了一个厌烦的手势。

“向前看？有什么值得我向前看的？”

“你这样想就错了，我的朋友，我们还有工作要做。”

“工作？哪儿？”

“就在这儿。”

我睁大眼睛盯着他。

“刚才，”波洛说，“你问我为什么要来这儿。你或许没注意到，我并没有回答你的问题。我现在就给你答案：我来这儿是为了追捕一个杀人犯。”

我更加惊讶地盯着他。有一瞬间，我感觉他肯定是在说胡话。

“你是认真的？”

“我当然是认真的。不然我为什么让你也过来呢？我的四肢已经不像以往那样灵活了，但我刚才跟你说了，我的头脑还跟以前一样。你应该记得，我一贯擅长冷静思考。现在的我仍然可以冷静思考——事实上这也是我唯一能做的事情。这次行动的那些机动的部分，就都要仰仗我最为珍贵的朋友黑斯廷斯了。”

“你说的是真的？”我倒吸一口凉气。

“当然是真的。你和我，黑斯廷斯，又要联手缉凶了。”

过了好几分钟我才明白，波洛的确是认真的。

虽然他的话听上去令人难以置信，我却没有任何理由怀疑他的判断力。

他微微一笑，说：“你终于相信了。你是不是一开始认为我的脑子不好使了？”

“没有，没有，”我赶紧说，“只是这里不太像是会有杀人犯出没的地方。”

“哦，你是这么认为的？”

“当然，我还没跟所有人见过面，不过——”

“你见过谁了？”

“只有勒特雷尔夫妇，还有一个叫诺顿的男人，看起来是个人畜无害的伙计。再有就是博伊德 · 卡灵顿——我必须说我非常喜欢他。”

波洛点点头。“嗯，黑斯廷斯，我这么跟你说吧，即便你已经见过这里所有的房客，你也不会认为我刚才说的那些话是认真的。”

“住在这儿的还有谁？”

“富兰克林夫妇——富兰克林博士和富兰克林太太、照顾富兰克林太太的医院护士、你的女儿朱迪斯。还有一个叫阿勒顿的男人，可以说是个女性杀手。还有科尔小姐，三十多岁的年纪。我可以直接告诉你，他们都是很好的人。”

“而他们中间有一个人是杀人犯？”

“他们中间有一个人是杀人犯。”

“可是为什么——怎么——为什么你会认为——”

我有许多问题要问，一时竟不知该怎么问才好。

“先冷静点儿，黑斯廷斯。我们先从头开始。请你把书桌上那个小箱子递给我。好的。还有钥匙——对了——”

他打开公文箱，从里面取出一沓打印文稿和剪报。

“你可以先仔细读读这些材料，黑斯廷斯。关于这些剪报我现在不想跟你讲太多。这些不过是媒体对各种悲剧的报道，偶尔也有失实之处，有时则暗示性太强。你要是想初步了解案情，我建议你先读读我做的案情摘要。”

我很感兴趣，立即开始读起来。

案件一：艾泽灵顿

列奥纳德·艾泽灵顿。身染恶习——吸毒、酗酒。个性古怪嗜虐。妻子年轻漂亮，跟他在一起很不快乐。艾泽灵顿死亡，显然是由于食物中毒。医生不满意这个结果。尸检结果显示，死亡是由砷中毒引起。死者家里有除草剂，是事发很久之前购买的。艾泽灵顿太太以杀人罪被捕。她此前结交过一个现已回到印度的公务员。没有任何婚外恋情的迹象，但有证据表明两人感情很好。那名年轻男子后来与一名在旅途中结识的女孩订婚。艾泽灵顿太太曾收到一封告知她这一情况的信，是其丈夫死前还是死后收到的仍然存疑。她自称是在丈夫死前收到的。对她不利的证据主要是间接证据，不存在其他嫌犯，而且不太可能是意外致死。由于她丈夫的性格以及她受到的虐待，庭审时人们对她报以很大同情。法官的结案陈词对她有利，强调判决必须超越所有合理怀疑。

艾泽灵顿太太被无罪释放。但不少人认为是她杀了她丈夫。后来她受到家人和朋友冷遇，生活艰难。庭审两年后，她由于服用过量安眠药身亡。调查结果判定为意外死亡。

案件二：夏普尔斯小姐

老处女。身体羸弱。生活艰难痛苦，由侄女弗里达·克雷照顾。夏普尔斯小姐由于过量使用吗啡而死。弗里达·克雷承认犯错，她说姑姑的病痛太严重，她无法坐视不管，于是就给她用了高于平时剂量的吗啡缓解疼痛。警方认为是蓄意谋杀，不是意外，但他们认为证据不足以起诉。

案件三：爱德华·里格斯

佃农。怀疑妻子与房客本·克雷格有染。克雷格和里格斯太太被人发现死于枪杀。子弹被证明由里格斯的枪射出。里格斯向警方自首，声称虽然人应该是自己杀的，但他完全不记得自己做过。他自称头脑一片空白。里格斯被判死刑，后改判无期徒刑。

案件四：德里克·布拉德利

与一个女孩私通。妻子发现并扬言要杀了他。布拉德利饮用放了氰化钾的啤酒之后死亡。布拉德利太太被捕，并因谋杀罪受审。交叉质询之后彻底崩溃。被判有罪，执行绞刑。

案件五：马修·里奇菲尔德

性情暴虐的老头儿。把四个女儿关在家里，不允许她们有任何快乐，不给她们钱花。一天晚上回家的时候在侧门外遇袭，头部遭受重击而死。警方调查后，长女玛格丽特到警局自首。她说自己这样做就是为了让几个妹妹尽早过上自由的生活。里奇菲尔德留下一笔巨额遗产。玛格丽特·里奇菲尔德被认定有精神病，发往布罗德莫服刑，但不久之后即死亡。

我仔仔细细读了一遍，越读越莫名其妙。最后我把这份摘要放下，疑惑地看着波洛。

“怎么样，我的朋友？”

“布拉德利那个案子我还记得，”我缓慢地说，“当时我读到过相关的报道。那个女人很漂亮。”

波洛点点头。

“不过你得给我讲讲。这到底是怎么回事？”

“先跟我说说你的看法。”

我只觉得一头雾水。

“你给我的这份材料讲了五个不同的案子。这些案子发生在不同的地方，涉及不同阶层的人。表面上看它们之间没有任何相似之处。也就是说，一个起因于嫉妒，一个是不幸福的妻子要弄死丈夫，一个部分杀人动机来自钱，一个可以说是出于无私的考虑，毕竟凶手并未打算逃避惩罚，另外一个坦率地讲很野蛮，大概是酒醉后行凶的吧。”我顿了一下，然后怀疑地说，“这几个案子之间是不是有什么共同点我遗漏掉了？”

“没有，没有，你概括得非常准确。只有一点你本来应该提到的，就是这几个案子似乎都不存在疑点。”

“我不明白。”

“比如说艾泽灵顿太太被无罪释放了，但是所有人都十分确信凶手就是她。弗里达·克雷没有被公开起诉，但谁也想不出这个案子还有什么别的可能性。里格斯说他不记得杀害过妻子和情敌，但毫无疑问，除了他之外没有其他任何人有行凶的可能性。玛格丽特·里奇菲尔德则亲口承认自己杀了人。你发现了吧，黑斯廷斯，每个案子都有且只有一个明明白白的嫌疑人。”

我皱起了眉头。“是，这倒没错——但我不明白，这又能说明什么问题呢？”

“啊，这里有一个事实你不知道，我正要说呢。黑斯廷斯，如果你假设我选出的这五个案子有一个共同的外在因素呢？”

“什么意思？”

波洛缓缓说道：“黑斯廷斯，这件事我还不能对你和盘托出。这么说吧。有某个人——我们暂且称为 X。在这几个案子里，X 显然没有任何要杀掉受害者的动机。根据我的调查，其中一个案件发生时，X 离案发现场至少有两百英里的距离。不过我还是要告诉你：X 跟艾泽灵顿关系很好；X 曾一度跟里格斯夫妇住在同一个村庄；X 认识布拉德利太太；我有一张 X 与弗里达 · 克雷一起逛街的照片，而且当老马修 · 里奇菲尔德死亡时 X 就在附近。你对此怎么看？”

我盯着他，缓缓地说：“确实，这有点太多了。巧合或许可以解释两个案子，或者顶多三个，但是五个就太多了。虽然看起来不太可能，但这五个不同的凶案之间肯定有什么联系。”

“那么你的推论是不是跟我的一样？”

“你是说 X 才是真凶？没错。”

“这么说，黑斯廷斯，我就可以再带着你往前走一步。我想告诉你的是：X 就在这座宅子里。”

“在这儿？在斯泰尔斯庄园？”

“就在斯泰尔斯庄园。从这一点我们能得出什么逻辑推论呢？”

我知道他要说什么，于是说：“你接着说吧。”

赫尔克里 · 波洛沉重地说：“不久，将有命案在此发生——就在这座宅子里。”

第三章

我失望地盯着波洛沉默片刻，然后才反应过来。

“不，不会的，”我说，“你会阻止凶案发生的。”

波洛向我投来慈爱的目光。

“我忠诚的朋友。我是多么感激你对我的信任。尽管如此，恐怕我这一次要辜负你的期待了。”

“胡说。你一定可以阻止罪行。”

波洛用沉重的声音说道：“回想一下，黑斯廷斯。一个人可以抓住凶手，没错。但一个人怎么才能阻止凶手？”

“唔，你……你……呃，我是说——如果你预先知道——”

我无力地停下了——因为我突然明白了这有多么困难。

波洛说：“明白了吧？不是那么简单的。实际上只有三种方法。第一种：警告受害人，让受害人加以提防。但这种方法并非总能成功，因为要让某人意识到他们身处极度危险之中是一件极其困难的事——何况这种危险可能往往来自他们亲近的人。他们会愤怒地拒绝相信。第二种方法是警告凶手。用较为含蓄的语言告诉凶手：‘我知道你的打算了。如果某某人死了，我的朋友，你就完蛋了。’这种方法成功率比第一种要高，但即便如此，还是很有可能会失败。因为杀人凶手，我的朋友，比这个世界上任何人都要自负。杀人者总是要比别人聪明——所以高明的凶犯一般不会引起怀疑——就连警方也往往弄不清状况。因此即便你发出了警告，凶手还是会按原计划行事，而你能做的只是事后绞死他们而已。”他顿了一下，然后深沉地说：“我这辈子曾经两次警告凶手不要动手，一次是在埃及，另一次在别处。每一次凶手都已经下定决心要动手……这次或许也一样。”

“你说还有第三种办法。”我提醒他。

“啊，是的。第三种方法要求我们必须足智多谋。我们必须准确地猜中凶手将在何时以何种方式下手，然后看准时机出手相救。我们必须当场抓住凶手——即便他的计划可能未遂——并且证明他的杀人意图超越了所有合理怀疑。

“我的朋友，”波洛接着说，“我可以保证，这种方法难度极大，我根本无法保证它会成功！我或许很自负，但还没自负到那个程度。”

“那你认为这次应该采取哪种方法呢？”

“也许三个都可以采用。第一种最难。”

“为什么呢？我觉得第一个最简单。”

“的确，如果你知道凶手的目标是谁，第一种方法当然最简单。但是黑斯廷斯，难道你没有意识到，我们现在不知道谁会成为受害者吗？”

“什么？”

我不假思索地说出了这两个字。然后我才开始意识到要确定凶手的目标是多么困难。这一系列犯罪之间肯定存在关联，但我们不知道这种关联是什么。至关重要的动机一环缺失。不知道动机，我们就没法确定谁有危险。

波洛看出我意识到我们面临的困难，点了点头。

“你看，我的朋友，很难办。”

“的确，”我说，“我也明白了。到目前为止，你没找到这几个案件之间的联系吗？”

波洛摇摇头。“一无所获。”

我又想了一下。在ABC谋杀案里，我们面对的就是一个貌似按照字母顺序，实则大不相同的序列。

我接着问道：“你确定这个凶手不是出于经济方面的动机杀人吗——就像伊芙琳·卡莱尔那个案子一样？”

“没有。你应该清楚的，我亲爱的黑斯廷斯，我调查案件一上来就会关注经济利益的问题。”

这倒不假。波洛对钱一直抱着玩世不恭的态度。

我又陷入思考。要不然就是某种复仇？这跟已经掌握的事实比较相符。但即便是这样，似乎还是缺乏某种联系。我回想起曾经读过的一个故事里面讲的一系列漫无目的的谋杀——最终破案的线索是所有受害人都碰巧是同一个陪审团的成员，而犯下罪行的正是他们当初判定有罪的那个嫌犯。我突然感觉这次的情况或许是类似的。我不得不惭愧地承认，我并没有把这个想法说出来。要是我能给波洛指出解决问题的办法该有多好……

但我只是问他：“告诉我吧，X 是谁？”

让我恼怒异常的是，波洛坚定地摇摇头。“这一点嘛，我的朋友，我现在不会告诉你。”

“笑话。为什么不能告诉我？”

波洛的眼睛一闪。“因为，我亲爱的朋友，你还是老样子，长着一张会说话的脸。我可不希望你大张着嘴一个劲儿地盯着 X 看，好像满脸都在说：‘这个人——我现在盯着的这个人——是个杀人犯。’”

“你应该知道，如果我想装也能装得出来。”

“当你试图要装作平静如常的时候情况更糟。还是算了，我的朋友，我们必须保持低调，我们俩都必须不动声色。这样我们出手的时候才能一击致命。”

“你这个顽固的老家伙，”我说，“我的头脑也不——”

这时，敲门声打断了我的话。波洛叫了一声“请进”，我的女儿朱迪斯走了进来。

虽然我一向不擅长描述，但我还是想给大家介绍一下我的女儿。

朱迪斯身材修长，无论何时都挺胸抬头。她长着一对笔直的黑眉，面颊与下颌的线条秀美而朴实无华。她面色严肃，略带讥讽之色。在我看来，她带有一种悲剧的气质。

朱迪斯没有上来亲吻我——这样的事她是万万做不出来的。她只是微笑着对我说："你好，父亲。"

她的笑容羞涩而略显尴尬，但仍然让我感觉到她见到我是高兴的，只不过她不善表达。

"嗯，"我说这话时感觉傻傻的，就像我每次跟年轻人聊天时一样，"我找到这儿了。"

"你很聪明啊，亲爱的。"朱迪斯说。

"我跟他说过了，"波洛说，"关于这儿的饭菜。"

"有那么差吗？"朱迪斯问道。

"你不应该这样问我，我的孩子。难道你除了试管和显微镜之外，脑子里什么都不想吗？你的中指上还沾着亚甲蓝。你丈夫的胃口可还指望你照顾呢。"

"我不会结婚的。"

"你当然会结婚。不然上帝为什么要创造你？"

"我希望上帝创造我不单单是为了结婚这一个理由。"朱迪斯说。

"但结婚显然是最重要的理由。"

"好吧，"朱迪斯说，"你给我找个好丈夫，我就好好照顾他的胃口。"

"别看她现在嘲笑我，"波洛说，"总有一天她会知道我说得没错。"

又有人敲了一下门，接着富兰克林博士走了进来。他今年三十五岁，身材高大瘦削。他有坚毅的下巴，微微发红的头发和明亮的蓝色眼睛。他是我见过的最其貌不扬的男人，而且总是心不在焉地到处乱撞。

他一头撞上波洛座椅旁边的屏风，然后马上半扭着脸咕哝着“对不起”。

我很想笑，却注意到朱迪斯依旧很严肃。我估计她早就对这种事司空见惯了。

“你记得我父亲吧？”朱迪斯说。

富兰克林博士一愣，紧张地一躲，眯着眼睛看了看我，这才伸出手，尴尬地说：“当然记得，当然记得，您好吗？我听说您会来。”说完他转向朱迪斯，“我说，你觉得我们用不用换一下衣服？如果不用的话，晚饭之后还可以再工作一会儿。如果能再准备几个切片的话……”

“不要，”朱迪斯说，“我想跟我父亲聊聊天。”

“哦，当然。哦，当然。”他突然笑了起来，那是一种表达歉意的、孩子式的微笑，“真抱歉——最近我太忙了。真是不可原谅——我怎么能这么自私。请您别见怪。”

时钟敲响，富兰克林赶紧扫了一眼。

“老天爷，已经这么晚了？糟糕。我答应芭芭拉要在晚餐前给她读书的。”

他冲着我们俩露齿一笑，然后急匆匆地出去了，出门时一头撞在门柱上。

“富兰克林太太身体怎样？”我问道。

“还是老样子，甚至还不如以前呢。”朱迪斯说。

“她病成这样真是令人难过。”我说。

“医生才郁闷呢，”朱迪斯说，“医生都喜欢健康的人。”

“你们年轻人可真刻薄！”我感叹道。

朱迪斯冷冷地说：“我只是在陈述事实。”

“尽管如此，”波洛说，“我们的好医生还是赶着给她读书去了。”

“这傻透了，”朱迪斯说，“如果那个女人想找人读书给她听，她的护士完全可以胜任。反正我是不喜欢听别人给我读书。”

“嘿，每个人的口味都不一样嘛。”我说。

“她真是个愚蠢的女人。”朱迪斯说。

“我的孩子，你这个说法，”波洛说，“我不同意。”

“她只会读一些廉价的通俗小说。她根本不关心她丈夫的工作。她的脑子也跟不上时代的步伐。只要有人肯听，她就没完没了地说她的病。”

“我还是坚持我的看法，”波洛说，“那就是她使用自己大脑里灰色细胞的方式，这是你一无所知的。”

“她是那种非常柔弱的女人，”朱迪斯说，“她总是柔声细语地喋喋不休。我估计你喜欢她那样的女人，赫尔克里叔叔。”

“不对，”我说，“他喜欢的是那种体形丰满、性格豪放的，比如俄罗斯女人。”

“你就这样把我出卖了啊，黑斯廷斯？朱迪斯啊，你父亲一直喜欢红褐色头发的女人。就因为这个偏好，他还遇到了好几次麻烦。”

朱迪斯宽容地对我们笑了笑。她说：“你们俩真是有意思。”

她转过身去，我也站了起来。

“我得先去整理行李，晚餐前可能还要洗个澡。”

波洛伸手按了一下电铃，过了一两分钟，他的贴身男仆走了进来。我惊奇地发现进来的是个陌生人。

“咦！乔治呢？”

波洛的男仆乔治已经跟随他多年。

“乔治回家了。他父亲生病了。我也盼着他过一段时间能回到我身边。但在那以前——”他对这位新男仆笑了笑，“由科蒂斯照顾我。”

科蒂斯礼貌地向我微笑了一下。他是个大块头，长相笨拙，甚至有些愚蠢。

我出门时注意到，波洛小心翼翼地把那个装着案情文件的公文箱锁好。

我头昏脑涨地穿过走廊，回到了自己的房间。

第四章

当晚我下楼吃饭时，感觉生活中的一切突然间都变得不真实了。

我穿衣服的时候，不止一次怀疑这一切是否都是波洛想象出来的。毕竟我的老友年事已高，而且身体孱弱。虽然他自己说他的头脑还像以前一样好——但事实真的像他说的那样吗？他整整一生都在追查罪犯。这样看来，即便事实最终证明他真的想象了一些子虚乌有的犯罪，是不是也没什么值得大惊小怪的呢？行动不便一定让他难受不已。在这种情况下，还有什么比他自己创造出一场追击凶犯的戏码更有可能的呢？一厢情愿——这是典型的神经官能症。他选取了几个媒体上报道过的事件，然后凭空臆想出一个根本不存在的人物——一个隐藏在这些案件背后的幕后凶手，一个杀人不眨眼的疯子。艾泽灵顿太太杀了她丈夫，年轻的工人枪杀了妻子，少妇给她的姑姑喂食了过量的吗啡，妒火中烧的妻子如她自己曾放言的那样干掉了丈夫，失去理智的老处女杀人之后自首——不管从哪个角度看都是如此。事实就是这样啊!

虽然常理告诉我绝无其他可能，但我还是不由自主地相信波洛的敏锐判断。

波洛说一场谋杀正在酝酿，斯泰尔斯庄园将第二次发生凶案。

时间将验证一切，但如果波洛说得对，我们理应阻止凶案的发生。

而且波洛知道凶手的身份，我却不知道。

我越想这一点，越气不打一处来。坦白地说，波洛这样做真是太无礼了！他让我配合他，却拒绝跟我吐露全部实情。

为什么要这样呢？他给了我一个理由——那显然不够充分！他总是说我长了一张“会说话的脸”，我早就听腻了。我完全可以跟其他任何人一样保守秘密。波洛一直坚持认为我是个透明人，随便什么人都可以轻易读出我脑子里的想法，这真让人难堪。他试图把话说得不那么难听的时候，也只会说这是因为我秉性善良诚实，厌恶任何形式的欺骗!

这时我想起，如果整件事都是波洛的想象的话，那么他对我的隐瞒就可以轻易解释了。

锣声响起时我还是没想明白，于是我满腹狐疑地下了楼，双眼警觉地寻找波洛口中这个神秘的 X。

我姑且认为波洛说的都是真的。这座庄园里确实住了一个凶犯，他已经杀了五个人，并且还要继续作恶。那这个人会是谁呢？

开饭前在起居室里，我经人介绍认识了科尔小姐和阿勒顿少校。科尔小姐身材高挑，大约三十三四岁的年纪，仍然风姿绰约。而阿勒顿少校我第一眼就不喜欢。他四十岁出头，相貌英俊，肩宽背厚，面色黝黑，话语轻佻，多有暗示。从他的眼袋来看，此人生活极为放荡。我猜他纵情享乐、爱好赌博、嗜酒如命，而且肯定是个好色之徒。

我发现勒特雷尔上校也不喜欢他，博伊德·卡灵顿跟他说话时也显得很生硬。虽然如此，阿勒顿却颇受女性欢迎。勒特雷尔太太欢快地在他耳边叽叽喳喳说个不停，他却有一搭无一搭地应承着，显得极为失礼。让我生气的是，朱迪斯似乎也喜欢跟他在一起，而且破天荒地主动上前搭讪。我一直无法理解，为什么最差劲的男人总能俘获最善良的女人的芳心。我的直觉告诉我阿勒顿是个无赖——而且十个男人里有九个都会同意我的观点。但如果换成女人，十个里有九个都会马上喜欢上他。

我们在餐桌前坐定，一盘盘白色的黏稠液体放到我们面前。我上下打量着桌边的人，一边暗自思考着各种可能性。

假设波洛说的是真的，而且他的头脑依然清醒，那么现在在座的人里就有一个危险的谋杀犯——也许还是个疯子。

虽然波洛没这么说，但我假定 X 是个男人。那这里哪个男人是 X 呢？

肯定不是勒特雷尔上校，他这么犹豫不决、软弱无力，可不像能杀人的样子。诺顿呢，就是我刚来时遇见的那个拿着望远镜冲出门的男人？似乎不太可能。他看上去是个好人，人畜无害，而且没什么活力。当然我也告诉自己，很多杀人犯都瘦小枯干、其貌不扬——而他们之所以犯下罪行正是要表达自我。他们痛恨自己被人忽视。诺顿或许是这种杀人犯。但他是个爱鸟之人。我一向认为，热爱自然是一个人心灵健康的表现。

博伊德·卡灵顿？根本不可能。他是个名扬世界的大人物。他是出色的运动员，印度地区首长，一个受人喜爱和敬仰的男人。富兰克林我也排除了。我深知朱迪斯是多么尊敬和喜爱他。

现在说说阿勒顿少校。我仔细研究了他很久。他是我见过的最讨厌的人！一个无恶不作的家伙。不过所有这些都被他表面的魅力掩盖了。他正在说话——正在大谈自己之前失败的经历，用自己的悔恨换取别人的笑声。

如果阿勒顿是X，那么他肯定是为了获得某种好处才杀人。

波洛确实没有肯定地说X是男人。所以科尔小姐行凶的可能性我也要考虑。她的动作显得不安而僵硬——很显然她是个敏感的女人。她相貌不错，但带有一种女巫的气质。除她之外，桌上只有勒特雷尔夫人和朱迪斯两个女性。富兰克林太太在楼上她的房间里用餐，而伺候她的那个护士在我们吃完之后才会下来。

午餐后我站在客厅的落地窗前，一边看着窗外花园中的风景，一边回想当年我第一次看到留着红褐色头发的辛西亚·默多克从草坪上跑过的情景。当时穿着白色罩衫的她是多么漂亮啊……

朱迪斯突然走过来挽住了我的手，陷入沉思的我吃了一惊。她拉着我走出客厅，来到露台上。

她突兀地问了一句："发生什么事了吗？"

我愣了一下。"什么事？你在说什么？"

"你整个晚上都很奇怪。吃饭时你为什么要盯着桌边的每个人看？"

我恼火极了。我根本没意识到自己竟然被脑海中的想法支配到如此程度。

"我有吗？可能是在回忆过去的日子吧。也许是见到鬼了也不一定。"

"哦，那就对了。你年轻时不是曾经在这儿待过一段时间吗？当时有一个老太太被谋杀了，是吧？"

"被人用士的宁毒死的。"

"她人怎么样？和善吗？"

我想了想。

"她是很善良的人，"我慢慢地说，"很大方。给慈善事业捐了很多钱。"

"哦，是那种大方啊。"

朱迪斯的声音听起来有些讽刺。接着她问了一个很有意思的问题："那时生活在这儿的人——过得开心吗？"

不，一点儿也不开心。至少据我所知是这样的。我慢慢地说："不开心。"

"怎么会呢？"

"因为他们感觉自己像囚犯一样。所有钱都是英格尔索普太太的——而她把钱都捐了。她的继子女们根本就没有自己的生活。"

我听到朱迪斯深吸了一口气，抓着我胳膊的那只手也握紧了。

"那就太缺德了——真缺德。简直是滥施淫威。不应该容忍这样的行为。老年人、病人没有权利绑架年轻人和健康人的生活。把他们拴在这里，整日烦恼焦虑，白白浪费本来大有用处的能量。太自私了。"

"这样的特质，"我不动声色地说，"并非老年人的专利。"

"哦，我明白，父亲，你觉得年轻人才自私。我们年轻人也许是自私的，但我们的自私是纯粹的。至少我们只是做自己想做的事情，而不是想让别人都按照我们的意愿行事，我们并不想把别人变成我们的奴隶。"

"那倒没有，你们只不过把挡路的人都踹翻在地。"

朱迪斯用力抓了我胳膊一下。她说："别这么愤愤不平的！我很少伤害别人——而且你也从来没有试图要支配我们的生活。我们都很感激你。”

“可惜，”我道出了真情，“我的确是想要管你的。是你母亲告诉我一定要给你犯错的机会。”

朱迪斯放在我胳膊上的手又急促地抓紧了一下。她说：“我知道。你恨不得像老母鸡一样喋喋不休地对年轻人说三道四！我真的非常讨厌这种唠叨。我受不了。但我刚才说有用的生命不应该牺牲在没用的人身上，你应该是同意的吧？”

“确实有时会发生这样的事情，”我承认，“但是也没有必要那么激进……转身离开就是了。”

“没错，但你是同意我的说法的，对吧？你同意吗？”

她的声调突然变得很激动，我稍有些惊奇地看了看她。天色已经很暗了，看不清她脸上的表情。她继续说着，声调低沉而烦乱：“头绪太多——很难——财务问题，责任感，又不愿意伤害你喜欢的人——这么多事情，再加上一些做事不择手段的人——他们非常善于利用别人的情绪。有些人——有些人就像是吸血鬼！”

“亲爱的朱迪斯！”我惊叫道。她语调中的愤怒让我震惊。

她笑了，从我的胳膊上把手拿开，似乎是意识到自己刚才失态了。

“我刚才是不是听起来太亢奋了？对这个问题我确实有强烈的看法。我听说过这么一个案子……有一个老头儿非常残暴。但是当有人挺身而出斩断绳索，让她心爱的人重获自由的时候，却被世人当成疯子。她真的疯了吗？在我看来，她做的事情才是最理智的——也是最勇敢的！”

一种可怕的不安涌上我的心头。最近我在哪儿听到过这样的故事？

“朱迪斯，”我厉声道，“你说的是什么案子？”

“哦，那个人你不认识。是富兰克林一家的朋友。老头儿名叫里奇菲尔德。他很有钱，可从来不让他的女儿们吃饱——也不让她们出门和别人交流。他才是不折不扣的疯子，虽然从医学的角度上来讲还算不上。”

“然后他被自己的大女儿杀死了。”我说。

“噢，那你听说过这件事？虽然你可以把它称作谋杀，但杀人者并非出于自私的动机。玛格丽特·里奇菲尔德杀死父亲后马上就向警方自首了。我认为她很勇敢。换了我可没有她那样的勇气。”

“自首的勇气还是杀人的勇气？”

“两个我都没有。”

“那我就放心了。”我严肃地说，“还有，我不喜欢听你为某个案子里的杀人者辩护。”我停了一下，又问了一句，“这件事富兰克林怎么看？”

“他认为那老头儿罪有应得。”朱迪斯说，“你知道，父亲，有些人完全是自己找死。”

“我不允许你这样讲话，朱迪斯。是谁教给你这样的想法的？”

“谁也没有。”

“嗯，那我告诉你吧，这些都是危险的无稽之谈。”

“我明白了。咱们不说这个了。”她顿了一下，“富兰克林太太让我给你捎个口信。她说，如果你不介意上楼到她的卧室的话，她想见见你。”

“我愿意见她。她因为病痛不能下楼用餐，我真替她难过。”

“她其实没事，”朱迪斯冷淡地说，“她就是喜欢无病呻吟。”

年轻人确实没有同情心。

第五章

我此前只见过富兰克林太太一面。她今年三十多岁——在我看来，她是那种面相和善的成熟女性。她长着一对棕色的大眼睛，头发从中间分开，脸略长但线条柔和。她身材苗条，皮肤白皙透明，吹弹可破。

她躺在一张沙发床上，背后靠着枕头，身穿一件蓝白相间的精美女士睡衣。

富兰克林和博伊德·卡灵顿正在一旁喝咖啡。富兰克林太太微笑着伸出双臂欢迎我。

“你能来我真的非常高兴，黑斯廷斯上尉。你来了朱迪斯也高兴。这孩子工作太拼命了。”

“她看起来还挺适应这样的工作强度。”我一边拉住富兰克林太太娇弱的小手，一边说。

芭芭拉·富兰克林叹了一口气。“是啊，她很幸运。我是多么羡慕她啊！她恐怕不会明白身患疾病是怎样的感觉。你说是吧，护士小姐？哦！我来给你介绍一下。这位是克雷文护士，她对我非常非常好。要是没有她，我真不知道该怎么活下去。她像照顾一个婴儿那样照顾我。”

克雷文护士是个身材高挑、容貌秀美的年轻姑娘，肤色白嫩，留着一头红褐色的秀发。我注意到她的双手修长白皙——与很多医院护士的手大不相同。她有些沉默寡言，有时也不搭话。对富兰克林太太的介绍她没有吱声，只是轻轻歪了一下头。

“不过说真的，”富兰克林太太接着说，“约翰把你那可怜的女儿用得太狠了。他简直就像个奴隶主一样。你承认自己是个奴隶主吧，约翰？”

她的丈夫站在那儿，眼睛望着窗外。他自顾自地吹着口哨，手揣在口袋里摆弄着几枚硬币。听见妻子问他，他稍微一愣。

“你说什么，芭芭拉？”

“我说你把可怜的朱迪斯·黑斯廷斯用得太狠了。现在黑斯廷斯上尉到了，我们俩会联手制止你这种行为的。”

开玩笑并不是富兰克林医生的强项。他面露难色，询问式地看了看朱迪斯，嘟囔道：“你要是觉得太辛苦一定要告诉我。”

朱迪斯说：“他们只是开开玩笑而已。说到工作，我想问你第二张切片染色的问题——你知道，就是那个——”

他兴致勃勃地转向她，没等她说完就开口说道：“好，好。我说，你要是不介意的话，咱俩下楼去实验室吧。我想确认——”

两个人一边说一边走出了房间。

芭芭拉·富兰克林往后一仰靠在枕头上。她叹了一口气。克雷文护士突然带有敌意地说了一句："我看黑斯廷斯小姐才是奴隶主！"

富兰克林太太又叹了一口气。她小声说道："我感觉自己太没用了。我知道我应该对约翰的工作给予更多的关心，但我真的做不到。我知道是我不对，可是——"

这时，站在壁炉边的博伊德·卡灵顿哼了一声，打断了富兰克林太太。

"别这么说，芭布丝[1]，"他说，"你没有错。不用难过。"

"哦，但是亲爱的比尔[2]，我真的难过。我对自己很失望。但是那些东西——我禁不住这样想——那些东西太令人恶心了。实验用的豚鼠、老鼠等。呃！"她说到这儿颤抖了一下。"我知道这样很愚蠢，但我就是一个白痴。那些东西让我反胃。我只愿意想象那些令人愉快的东西——小鸟啊，花草啊，孩子们玩耍啊。你明白的，比尔。"

他走过来，拉住她恳求式地朝他伸过来的手。在他俯身看着她的时候，他的面孔一瞬间变了，变得像女人一样温柔。这一点给我留下了深刻的印象，因为博伊德·卡灵顿是个十分阳刚的男人。

①芭布丝，芭芭拉的昵称。

②比尔，博伊德的昵称。

“你还是跟十七岁的时候一样，芭布丝。”他说，“你还记得你家那座花园别墅吧？还有那条时常有小鸟鸣叫的小路，和那些椰子？”

他转过头来对我说：“芭芭拉和我是老玩伴了。”

“老玩伴！”她表示不以为然。

“哦，我并不是在否认你比我小十五岁这个事实。但我年轻的时候就曾经陪着你这个小不点玩儿。背着你到处走。后来我再回家的时候就发现你已经出落成一个漂亮的小姑娘了——而且即将长大成人——我带你去高尔夫球场，教你打高尔夫球。你还记得吗？”

“哦，比尔，你觉得我能忘得了吗？”

“我家原先住在这附近。”她对我解释说，“比尔原来到这儿来看他的叔叔埃弗拉德爵士，他住在奈顿。”

“当时那个地方简直就像陵墓一样——当然现在就更是了。”博伊德·卡灵顿说，“我有时候干脆觉得那个地方根本没法住人。”

“哦，比尔，收拾一下还是很漂亮的——非常漂亮！”

“是啊，芭布丝，但问题是我完全不知道该怎么收拾。装个浴缸再买些舒服的椅子——我就只能想到这么多了。我需要个女人帮我。”

“我跟你说过我可以过去帮忙的。我可不是开玩笑。是真的。”

威廉爵士怀疑地看了看克雷文护士。

“如果你身体能承受得了，我可以开车载你过去。您觉得呢，护士小姐？”

“哦，没错，威廉爵士。我觉得那样对富兰克林太太大有好处——只要她注意不要过度疲劳。”

“那就这么定了。”博伊德·卡灵顿说，“你先好好睡个觉吧。这样明天才能有好状态。”

我们俩都向富兰克林太太道过晚安，一起走出了房间。一起下楼的时候，博伊德·卡灵顿粗声说道：“你不知道她十七岁的时候有多么可爱。我当时刚从缅甸回来——我夫人在那里去世了，你知道。我可以坦白地告诉你，我第一眼见她就被迷住了。可三四年之后，她嫁给了富兰克林。我认为这就是她生病的根源。那家伙根本不理解她，也不会欣赏她。可她又偏偏是那种敏感的人。我感觉她的病有一部分是因为情绪问题。想办法消除她的忧愁，让她开心，让她感兴趣，她就能变成一个不一样的人！但那个该死的大夫只关心试管还有西非的土著和文化。”他愤怒地哼了一声。

我感觉他说的也许有些道理，只是博伊德·卡灵顿对富兰克林太太的迷恋让我感到很惊讶。虽然富兰克林太太有一种花哨的脆弱美，但她毕竟是一个病人。而另一方面，博伊德·卡灵顿本人精力旺盛，以至于我本以为他会对富兰克林太太这种神经质的病人完全没有耐心。这样看来，芭芭拉·富兰克林年轻时一定特别漂亮，因为对于许多男人——特别是像博伊德·卡灵顿这种在我看来属于理想主义的男人——早年的印象是很难改变的。

下楼之后，勒特雷尔太太拉住我们，提议打一会儿桥牌。我解释说我要去找波洛，便先行告退了。

我的朋友在床上躺着。科蒂斯正在打扫房间。不过我进来的时候他正好出去，还随手关上了门。

“诅咒你，波洛，”我说，“我讨厌你总是藏着掖着的臭毛病。我整整一晚上都在寻找X。”

“那你一定整晚都显得心不在焉。”我的朋友说，“有没有人发现你走神，然后问你是不是发生了什么事？”

我想起朱迪斯问我的话，脸微微一红。我猜波洛看出了我的沮丧。我看到他嘴角浮现出一丝狡黠的微笑。不过他只是淡淡地说：“那你得到什么结论没有？”

“如果我说对了，你会告诉我吗？”

“当然不会。”

我死死盯着他的脸。

“我首先考虑了诺顿——”

波洛的表情没有任何变化。

“不过，”我说，“我并没有任何确凿的证据。我只是觉得他的嫌疑并不比其他人小。而且他——唔，行事低调。我估计我们正在调查的这个嫌犯应该是行事不留痕迹的那种。”

“这点是没错。但行事低调有很多种方式。”

“什么意思？”

“举一个完全假设的例子，如果在谋杀发生前数周，一个凶神恶煞的陌生人突然无缘无故地来到凶案发生地，那么他显然很容易引起别人的怀疑。如果嫌犯本人其貌不扬，就不会那么引人注意，他要是再从事一些人畜无害的消遣活动就更好了，比如钓鱼。”

“或者观察鸟类。”我表示同意，“没错，但这就是我刚才说的啊。”

“另一方面，”波洛说，“更有利的一种情形是，嫌犯是一个大家早已熟知的著名人物——比如说，他是个屠夫。这个身份额外的好处在于，没有人会在意屠夫身上的血迹。”

“你这话说得没道理。如果屠夫跟面包师发生过争吵，所有人都会知道的。”

“如果屠夫之所以成为屠夫，只是为了找机会杀掉面包师的话，就没有人会在意了。不能只顾后果，不看前因啊，我的朋友。”

我紧紧盯着他，试图找出这些话中隐藏的线索。如果波洛的话有什么明确意味的话，那么他所指的似乎是勒特雷尔上校。难道他为了伺机杀掉某位房客才开了这家旅馆？

波洛轻轻摇了摇头。他说：“你从我的脸上是得不到答案的。”

“你真是个令人生气的家伙，波洛。”我叹了一口气说，“反正诺顿不是唯一的嫌疑人。你觉得阿勒顿这伙计怎么样？”

波洛依旧面无表情地问我：“你不喜欢他？”

“嗯，不喜欢。”

“啊，他就是你说的那种卑鄙小人。对吧？”

“绝对是。你不这么认为吗？”

“当然。他这个人，”波洛慢悠悠地说，“很招女人喜欢。”

我鄙夷地感叹了一声。“女人怎么都这么愚蠢。她们为什么喜欢那样的人？”

“谁知道呢？不过女人一直都是这样的。恶棍永远对女人有吸引力。”

“但为什么会这样？”

波洛耸耸肩。“她们或许是在他身上看到了某种我们男人看不到的品质。”

“那是什么？”

“或许是危险……我的朋友，所有人都不希望自己的生活平淡无味。有些人通过间接的方式获得刺激——比如观看斗牛。有些人通过读书获得刺激。有些人通过看电影获得刺激。但我可以确定的是——人类生性不喜欢过度的安全。男人可以从很多渠道体验危险——女人多数时候只能从性爱关系中获取刺激的感觉。或许正是因为如此，女人即便看出男人的狼子野心——暗藏的利爪、狡猾的一跃——也会忍不住对这样的男人怦然心动。那些适合做丈夫的好人往往不会被女人放在眼里。”

我阴着脸静静地想了几分钟，然后把我们的对话拉回此前的主题。

“你知道的，波洛，”我说，“我要找出 X 的身份其实很简单。我只需要打听出谁跟所有人都认识就可以了。我是说跟五个凶案里的人。”

我扬扬得意地说出这番话，但波洛白了我一眼。

“黑斯廷斯，我让你来这儿不是为了看你笨拙而费力地寻找我已经走过的路。这么跟你说吧，这件事没有你想象的那么简单。之前发生的五个凶案有四个都发生在这个郡。现在住在这家旅馆里的房客不是一群分头来到这儿的陌生人。这里不是普通意义上的旅馆。勒特雷尔夫妇都是本地人，他们因生活窘迫才买下这个地方用于投资。住在这里的不是他们的朋友，就是经他们朋友推荐来到此地的人。威廉爵士说服富兰克林夫妇来这儿，而富兰克林夫妇又向诺顿以及科尔小姐推荐了这个地方。也就是说，这里某个房客认识的人，余下的房客可能都认识。这样一来，X 可以很轻松地利用所有人都知道的事实掩护自己。就拿里格斯那个案子来说吧。惨案发生的那个村子离博伊德·卡灵顿叔叔的老宅不远。富兰克林太太的家人也住在那附近。村子里的小旅店有很多客商进出。富兰克林太太娘家有很多朋友都曾在那家旅店住过。富兰克林自己也曾在那里过夜。诺顿和科尔小姐很有可能也曾经在那儿住过。

“算了吧，我的朋友。这个秘密我是暂时不会向你揭穿的，我求求你不要再这样笨手笨脚地试图自己寻找答案了。”

“你也太无聊了，好像我会走漏风声似的。我告诉你吧，波洛，我讨厌你说我长着一张会说话的脸。这个笑话一点都不好笑。”

波洛轻声说：“你真的觉得我不告诉你仅仅因为这个？难道你没有意识到，我的朋友，你知道得越多就越危险？难道你不明白我是为你的安全考虑吗？”

我张着嘴愣愣地看着他。直到那一瞬间，我一直没有意识到这一点。但波洛的话确实千真万确。我们的对手是一个杀掉五人之后仍能逍遥法外的狡猾凶犯——而且他自认为没有受到任何人的怀疑——一旦他发现有人盯上了他，调查者的确会面临极大的危险。

我严肃地说：“那你呢——你自己不是也面临着危险吗，波洛？”

处于瘫痪状态的波洛尽自己所能地做出一个不屑一顾的姿态。

“我已经习惯危险了；我可以保护自己。而且你要明白，我身边还有我的忠犬保护着我呢。那就是你啊，我卓越忠实的黑斯廷斯！”

第六章

波洛还要早起。为了让他早点休息，我先下楼了，半路上停下来和波洛的侍从科蒂斯聊了两句。

在我看来，他是个不善表达的人，反应有些慢，不过值得信赖，并且很能干。自从波洛从埃及回来，他就一直在波洛身边照料。他告诉我说，主人的身体本来很好，只是偶尔会犯严重的心脏病。但过去几个月，波洛心脏的情况大大恶化。看来，大侦探生命的引擎正在渐渐熄火。

唉，波洛这一生可谓壮烈。尽管如此，想到我那位不愿轻言放弃、与病魔英勇搏斗的老朋友，我的心还是紧紧地揪起来。即便如今他虚弱的身体已经瘫痪在床，但他永不屈服的精神仍然支撑着他如往日一样敏锐地探寻真凶。

我怀着悲伤的心情下了楼。没有波洛的日子会怎样，我无法想象……

客厅里的牌局刚刚结束一盘，我被邀请加入。我想打一盘桥牌或许可以帮我转移一下注意力，于是欣然答应。我顶替的是博伊德·卡灵顿，另外三家分别是诺顿、勒特雷尔上校和勒特雷尔太太。

“你看怎么分组好呢，诺顿先生？”勒特雷尔太太说，“要不还是我们俩一组？刚才合作得很成功。”

诺顿礼貌地一笑，接着低声说或许还是换一换为好。

勒特雷尔太太表示同意，不过我感觉她看起来很不高兴。

最后是我和诺顿一组，对抗勒特雷尔夫妇。我注意到勒特雷尔太太明显对这样的分组很是不悦。她咬着嘴唇，一瞬间她身上的魅力和爱尔兰口音都消失不见了。

我很快就明白了原因。我此后跟勒特雷尔上校一起打了很多次桥牌，他的牌技其实并不赖。在我眼里，他是那种中等的玩家，只是有些记不住牌。就因为这一点，他时不时就会犯下严重的错误。但此时跟妻子一组的他错误连连。妻子的在场显然让他感到紧张，这直接导致他的牌技仅能发挥出正常水平的三分之一。勒特雷尔太太确实打得很好，不过让跟她打牌的人很不舒服。她处处占尽先机，只要对方不发现就毫无顾忌地犯规，而当规则对她有利时就立即为自己伸张正义。她尤其擅长快速地用余光偷窥对手的牌。换句话说，她打牌就是为了赢。

我很快就明白波洛说勒特雷尔太太唇舌如剑是什么意思了。牌桌上的她完全没有了平素的矜持，她那可怜的丈夫稍一出错她就口无遮拦地恶语相加。诺顿和我也感觉很不舒服，好不容易终于挨到牌局结束。

我们俩都借口说时间已晚离开了。

诺顿边走边漫不经心地跟我聊着他的感受。

“我说，黑斯廷斯，刚才那盘真是太可怕了。我看到那个可怜的老伙计被欺负成那样就气不打一处来。你再看看他那忍气吞声的模样！可怜的伙计。真不像原来那个火爆脾气的驻印上校。”

“嘘。”我赶紧提醒他小声一点儿，因为他不经意间越说声音越大，我担心勒特雷尔上校会听到。

“是啊，真是可怕。”

我发自内心地说：“即便他有一天用斧子砍死自己的老婆，我也能理解。”

诺顿摇摇头。“他才不会呢。他就是个受气的坯子。他还是会一如既往地一口一个‘是的，亲爱的，不，亲爱的，对不起，亲爱的’，揪着胡子温顺地低声说着，直到死为止。就算他想，他都硬气不起来！”

我难过地摇摇头，因为我感觉诺顿说得没错。

我们在大厅里停了一下，我注意到通往花园的侧门是开着的，风正从那里刮进来。

“是不是应该把门关上啊？”我问道。

诺顿犹豫了片刻才说：“唔——呃——也许还有人没回来吧。”

我脑海中突然升起一阵疑惑。

“谁在外面？”

“我估计是你女儿——还有——呃——阿勒顿。”

他努力让声音显得平静无奇，但刚刚跟波洛聊过的我，听了这话立刻不安起来。

朱迪斯——和阿勒顿在一起。我女儿朱迪斯那么聪明冷静，应该不会跟那种男人混在一起吧？她应该早就看穿他是怎样的人了吧？

我回到房间，一边脱衣服还一边反复告诉自己不要担心，但那股淡淡的不安久久不去。我根本睡不着，躺在床上翻来覆去。

临睡前的心事就是这样，不管什么事都会在心里放大好几倍。我感到一股绝望和失落流过全身。要是我亲爱的妻子还在世就好了。我一直对她的判断力十分信赖。她一直是那么睿智，也比我更理解孩子。

没有她我感觉自己十分无力。我对孩子们的安全和幸福负有责任，但我是不是能担得起这样的责任呢？上帝保佑，我可不是个聪明人。我办错过事，犯过很多错误。如果朱迪斯不珍惜自己的幸福，她会受苦的——

想到这儿我绝望地打开灯，坐了起来。

这样胡思乱想什么用也没有。我必须睡一会儿。我下床走到洗脸池前，怀疑地看了看医药柜里放着的一瓶阿司匹林。

不，我需要比阿司匹林更强力的药。我想起波洛也许有那种安眠药，于是穿过走廊来到他房间门口，站在门外犹豫了一下。这么晚把他叫起来真是不好意思。

正在我犹豫的时候，我听到脚步声传来。转头一看，原来是阿勒顿沿着走廊朝我走过来。楼道灯光昏暗，等到他走到我面前我才看清他的脸，而我看到他表情的一瞬间就整个人都僵住了。阿勒顿满脸带笑，而那种笑容让我厌恶。

他抬头看见我，扬起眉毛。“哟，黑斯廷斯，还没睡呢？”

“睡不着。”我简短地说。

“就因为这个？我有办法。跟我来吧。”

我跟着他来到他的房间，就在我的隔壁。我突然很想仔仔细细观察一下这个男人。

“你睡得也不早啊。”我说。

“我从来就不是那种早早上床的人，除非我要熬夜看国外的体育比赛。这么好的夜晚不能浪费啊。”

他笑了——笑容依旧让我厌恶。

我跟着他走进浴室。他打开一个小壁橱，拿出一瓶药片。

“就是这个。这药劲儿才大呢，吃了之后睡得跟死狗似的——做梦也是好梦。斯兰伯瑞尔可是好东西啊——那个是它的品牌。”

他语气中的兴奋让我稍微有点惊讶。难道他还有吸毒的嗜好？我怀着疑问说：“这药——没什么危险吧？”

“当然不能一次吃太多。这是巴比妥类药物——这种药毒性剂量和有效剂量很接近。”他微笑着，嘴角上扬的样子让人看了很不舒服。

“我估计这种药没有医生处方拿不到吧？”我说。

“当然了，老伙计。算了吧，老实说，你是肯定拿不到的。这方面我有办法。”

我知道这样做很傻，但还是没忍住冲动。我说：“你认识艾泽灵顿吧？”

我当时就知道自己碰到了某根敏感的神经。他的眼神突然变得冰冷警觉起来。他说——他的声音这时变得轻浮做作：“哦，是啊——我认识艾泽灵顿。可怜的伙计。”他见我没说话，于是继续说，“艾泽灵顿吸毒——明摆着——但是他抽得太多了。人做什么事都得有个度。他该停的时候没停下。真是悲剧。他老婆太幸运了。要不是陪审团同情她，她早就被绞死了。”

他递给我几片药片，然后满不在乎地说：“你也认识艾泽灵顿？”

我实话实说：“不认识。”

他一瞬间似乎不知道该说什么，接着才轻轻笑了一下。

“他人挺好的。虽然不是什么虔诚的教徒，但有时还是个很好的玩伴。”

我谢过他的药，转身回了自己的房间。

我关灯躺下，心想着自己刚才是不是犯了一个愚蠢的错误。

因为我强烈地感觉到阿勒顿十有八九就是 X，却仍然明白地告诉他我在怀疑他。

第七章

1

我对斯泰尔斯庄园那段日子的描述难免杂乱无章。这段时光以一段又一段对话的形式存在于我的记忆中——但只有那些我认为是破案线索的词句才给我留下最深刻的印象。

首先是我没过几天就意识到了赫尔克里·波洛的虚弱和无助。他说自己的头脑仍然灵活如初，这一点我深信不疑，但他的身体已经极为虚弱，我明白自己必须比平时更为活跃才行。我必须成为波洛真正的耳目。

每逢天气晴好的时候，科蒂斯都会提前把轮椅推到大门口，然后小心地把他的主人背到楼下放到轮椅里坐好。然后他就推着波洛走进花园，找一个没风的地方让他透透气。而在天气不是很好的时候，科蒂斯会把波洛背到客厅里休息。

无论波洛在哪儿，总会有人坐在他身边陪他聊天，但波洛不能自己选择跟谁聊天。他再也没法按照他的意愿跟别人单独交谈了。

我抵达之后的第二天，富兰克林带我参观了他的实验室。这间年久失修的实验室稍显简陋，不过科学设备确实一应俱全。

我首先要声明，我不是一个有科学头脑的人。在我讲述富兰克林医生工作的过程中，可能会使用错误的术语，从而不免会引起那些受过训练的专业人士的鄙夷。

虽然我是个纯粹的外行，不过我能看出来富兰克林医生在用好几种从毒扁豆里提取的生物碱做实验。有一次，我听了富兰克林和波洛的一段对话之后，才对富兰克林医生的实验项目有了更多了解。朱迪斯在给我讲解时，跟其他热血青年一样大量地使用技术术语。她如数家珍地向我谈起毒扁豆碱、金丝碱等各种生物碱，然后又说到一种名叫“溴新斯的明”、全称“三羟苯基三甲基碳酸二甲酯”的物质。她说了好多好多，但似乎都是一样的东西，只不过是制作方法不同而已！她讲的东西对我来说完全是天书，而我问她这些东西对人类有什么好处，又遭到她的鄙视。看来没有什么能比这个问题更让科学家恼火了。朱迪斯狠狠地瞪了我一眼，然后继续长篇大论地解释起来。按我的理解，朱迪斯的意思是，西非某个不知名的小部落表现出对某种不知名的致命疾病有强大的免疫力，而如果我记得没错的话，这种疾病名叫乔丹氏症——由某个具有科学热情的乔丹博士首先发现。这是一种极其罕见的热带疾病，曾有一两个白人感染了这种疾病，并最终死亡。

我不顾彻底激怒朱迪斯的风险，指出或许还是研究一些能治疗麻疹后遗症的药更有意义。

朱迪斯带着怜悯和责备的语气告诉我，科学研究唯一有价值的目标不是造福人类，而是增进人类的知识。

我透过显微镜观察了几张切片，又看了一些非洲土人的照片（确实很新鲜！），突然发现有一只关在笼子里的实验鼠正盯着我看，于是赶紧溜出了实验室。

正如我刚才所说，我在听到富兰克林与波洛的对话之后，才对富兰克林医生的实验燃起兴趣。

他说："你知道，波洛，你做这种事情比我合适。这种豆子叫神判豆——它可以裁决一个人是无辜还是有罪。那些西非部落族人内心里相信它的力量——至少他们以前是相信它的，毕竟他们现在也学聪明了。他们会神圣而庄严地嚼着豆子，坚信豆子会制裁有罪者而不伤害无辜之人。"

"哎呀，那有罪的人吃了豆子一定会死吗？"

"不，也不是所有人吃了豆子都会死。这一点到现在一直没有引起人们的注意。这件事背后有非常复杂的道理——我认为不过是巫医的诈术。这种豆子有两个截然不同的品种——两个品种的豆子外形几乎一模一样，很难分辨，但其实是有差别的。这两种豆子都含有毒扁豆素和金丝碱等物质，但你可以——准确地说是我可以——从第二种豆子里提取出另外一种生物碱，这种生物碱能中和其他生物碱的效应。另外，部落的高层经常会在神秘的宗教仪式上食用第二种豆子——而吃了豆子的人从来不会患上乔丹氏症。这种物质对人的肌肉系统有明显的效果，而且没有毒性。特别有意思。可惜纯的生物碱很不稳定。不过我现在已经有所发现，当然我还需要更多实地研究。这是一项必须完成的工作！对，绝对是……我宁愿把灵魂出卖给——”他说到这儿突然停住了，脸上又重新露出了笑容，“原谅我刚才的失态。我一说起这件事就激动！”

“你说得没错，”波洛平静地说，“如果我可以如此简单地明辨是非，那么我的工作会简单很多。啊，要是真有一种具有毒扁豆神奇功效的物质该多好！”

富兰克林说：“啊，但即便那样你还是会有问题。毕竟什么叫有罪，什么叫无辜呢？”

“我觉得在这个问题上我们不应该有任何疑问啊。”我提出。

他转向我。“什么是邪恶？什么是善良？生活在不同时代的人们对这两个概念的理解都不同。可以通过实验得出的实际上只是对罪恶或是无辜的理解，这样的实验没有任何意义。”

“我不明白你为什么会这么想。”

“我亲爱的朋友，假设一个人认定，上天赋予他权力可以杀掉任何使他感到义愤的人，无论是独裁者、放高利贷者还是皮条客。他的所作所为在你们看来是罪——但在他看来，则是没有错误的义举。那你的神判豆怎么分辨呢？”

“但是，”我说，“杀人之后肯定是有罪恶感的。”

“很多人我都想亲自杀了他们。”富兰克林医生欢快地说，“我可不觉得我杀了这些人之后会因为良心不安而睡不着觉。在我看来，大概百分之八十的人类都应该被消灭。没了他们剩下的人会活得更好。”

他站起身走开了，边走边欢快地吹着口哨。

我怀着疑惑看着他的背影。波洛的轻笑打断了我的思绪。

“我的朋友，你的表情就好像面对着一群毒蛇似的。但愿我们的医生朋友不会说到做到。”

“啊，”我说，“但他要真做了呢？”

2

犹豫再三之后，我终于决定要试探一下朱迪斯对阿勒顿的态度。我感到自己必须知道她对我的问题会做出怎样的反应。我深知她是个头脑冷静的姑娘，完全可以照顾好自己，而且我也不相信他会爱上阿勒顿那样无耻的男人。实际上，我提起这个话题或许只是为了证明我的想法没有错。

遗憾的是，我并没有得到我想要的答案……我必须承认我当时采取的方式有点笨。年轻人最讨厌长辈对他们指手画脚。我尽量把话说得轻松而愉快，不过看来我失败了。

朱迪斯立刻表现出愤怒的情绪。

“这又唱的是哪一出？”她问，“告诉我小心大坏蛋？”

“不，不，朱迪斯，当然不是。”

“我看你是不喜欢阿勒顿少校吧？”

“坦白地说，我不喜欢他。我觉得你应该也跟我一样吧？”

“为什么呢？”

“唔——哦——他不是你喜欢的类型吧？”

“你认为我喜欢什么类型的呢，父亲？”

朱迪斯总能把我逼得手忙脚乱。我一时乱了阵脚。她站在那儿看着我，嘴角向上翘着，现出一丝傲慢的微笑。

“你当然不喜欢他，”她说，“可我喜欢。我觉得他很有趣。”

“哦，有趣——也许吧。”我试着转换话题。

朱迪斯故意接着说：“他很迷人。任何女人都会这么想的。当然，这一点男人是看不到的。”

“男人当然看不到。”我笨拙地继续说着，“有一天晚上很晚的时候你跟他一起出去了——”

还没等我说完，暴风雨就开始了。

“够了，父亲，你这样太傻了。你难道不明白我都这么大了，完全可以管理我自己的事务了吗？我做什么、跟谁交朋友你根本就管不着。家长这种干涉孩子生活的无聊行为真让人火冒三丈。我很爱你——但我是个成年人了，我有自己的生活。别管得那么宽。”

这样无情的话让我心如刀绞，一句话也说不出来。朱迪斯说完便快步离开了。

我失望极了，感觉自己一片好心反而办了坏事。

最后还是富兰克林太太的护士顽皮的声音把发呆的我叫醒：“嘿，想什么呢，黑斯廷斯上尉？”

我转过身来热情地跟她打招呼。

克雷文护士真是个非常漂亮的年轻姑娘。虽然她的举止有点过于娇媚，但她很聪明，而且讨人喜欢。

她刚刚在离简易实验室不远处的一个阳光充足的地方把富兰克林太太安顿好。

“富兰克林太太对她丈夫的工作感兴趣吗？”我问她。

克雷文护士轻蔑地一撇头。“嘿，那些东西对她来说太专业了。你知道，黑斯廷斯上尉，她可不是个聪明的女人。”

“嗯，我看也是。”

“当然，只有那些懂医学的人才能明白富兰克林医生工作的重要性。你知道，他真是一个非常聪明的男人。简直聪明绝顶。可怜的人啊，我真同情他。”

“同情他？”

“是啊，这种事我见多了。我是说，他找了一个不适合他的女人。”

“你觉得她不适合他？”

“嗯，你不这么想吗？他们根本没有任何共同语言。”

“他看起来很喜欢她啊，”我说，“非常照顾她的情绪。”

克雷文护士听到这话笑了，笑声十分刺耳。“这不正合了她的心意吗？”

“你认为她是在利用自己的——病情？”我怀疑地问道。

克雷文护士笑了。“她在这方面已经炉火纯青了。这位太太不管想要什么都能得到。有些女人就是这样——像猴子一样精明。如果有人不按她们的意思办，她们就干脆仰面一躺，两眼一闭，装病装可怜，要不然就是乱发脾气——富兰克林太太是那种装可怜型的，整晚整晚不睡，早上脸色煞白，虚弱无力。”

“但她不是确实有病吗？”我十分震惊地问她。

克雷文护士用一种十分特殊的眼神瞟了我一眼。她干巴巴地说：“嗯，那当然了。”然后就突兀地把话题岔开了。

她问我是不是多年前在一战期间曾来过这里。

“对，没错。”

她压低声音。“当时这里发生了一起凶杀案是吧？一个侍女告诉我的。听说死的是个老太太？”

“是的。”

“你当时在这儿？”

“我在。”

她打了一个冷战。她说：“这样就能说得通了，对吧？”

“说得通什么？”

她斜着眼睛看了我一眼。“就是……就是这个地方的气氛。你感觉不到吗？反正我能感觉到。多少有些不对劲，你明白我的意思吧？”

我沉默片刻，想了想。她刚才说的是真的吗？某个地方发生的暴力致死事件——有预谋的恶意谋杀——难道真的会给案发地留下强烈的印记，以至于多年之后还能感觉得到？神经敏感的人会同意这种说法。斯泰尔斯庄园那么多年前发生的那起事件真的还留有痕迹？在这里，杀人的想法曾游弋在四墙之围、花园之内，并经过多年的滋长，最终变成现实。难道它们如今仍然在空气中飘荡？

这时，克雷文护士突然发言，打断了我的思路。“我曾经住在一个发生过杀人案的房子里。这件事我一直忘不掉。你知道，这种事很难忘记的。死的是我照顾的一个病人。警察让我做证，搞得我感觉怪怪的。对于一个女孩子来说，这种经历太恶心了。”

“肯定的。我完全明白——”

我突然看到博伊德·卡灵顿转过房屋的角落，大步走过来，于是停住了没说完的话。

如平常一样，他那孔武有力的身形似乎能扫除人们心中的愁云。强壮、理智、充满活力——他具有那种能给人带来欢愉和常识的强势人格。

“早上好，黑斯廷斯，早上好，护士小姐。富兰克林太太在哪儿？”

“早上好，威廉爵士。富兰克林太太在花园底层实验室附近的山毛榉树下。”

“那我猜富兰克林就在实验室里？”

“是的，威廉爵士——黑斯廷斯小姐也在里边。”

“可怜的姑娘，竟然一大早就被关在实验室里干那些脏活儿累活儿！你应该抗议，黑斯廷斯。”

克雷文护士赶忙说：“嘿，黑斯廷斯小姐可开心了。您知道，她喜欢工作，再说医生离了她也不行。”

“可怜的伙计，”博伊德·卡灵顿说，“如果我有一个像你们家朱迪斯这样的漂亮姑娘当秘书，我肯定天天盯着她看，才没工夫管那些豚鼠呢，你说是不是？”

这种笑话朱迪斯是最不爱听的，不过克雷文护士却似乎很喜欢，一直笑个不停。

“哦，威廉爵士，”她说道，“您可别这么说。我们都知道您会怎样做！但可怜的富兰克林医生太严肃了——满脑子只有工作。”

博伊德·卡灵顿欢快地说：“哦，他太太好像找了一个能监视他的地方。我估计她是吃醋了。”

“您知道得太多了，威廉爵士！”

一番玩笑过后，克雷文护士似乎很开心。她不情愿地说：“呃，我想我该去给富兰克林太太冲麦乳精了。”

她不慌不忙地走开了，博伊德·卡灵顿看着她远去的背影。

“真是漂亮的姑娘，”他称赞道，“头发和牙齿都很漂亮。女人味十足。成天伺候病人一定很无聊。她那样的女孩应该过上更好的生活。”

“哦，是啊，”我说，“估计她将来会嫁人吧。”

“应该是。”

他叹了一口气——我突然觉得他是在思念他的亡妻。他接着说：“要不要跟我一起到奈顿看看？”

“当然。我愿意去。不过我得先确认一下波洛有没有事情找我。”

我看到波洛坐在走廊上，裹得严严实实的。他鼓励我出去走走。

“当然要去，黑斯廷斯，去吧。我相信那是座十分阔气的庄园。你当然要去看一看。”

“我也想去。可我不想扔下你。”

“我忠实的朋友啊！不要管我，不要管我，跟威廉爵士去吧。他多有魅力啊，你说呢？”

“一流的人才。”我激动地说。

波洛微笑着。“当然。我就知道他是你喜欢的类型。”

3

这趟旅行令我十分愉快。

不单单是因为天气晴好——那真是一个美妙的夏日——更因为我喜欢与我同行的那个人。

博伊德·卡灵顿有一种强烈的个人魅力，他广博的人生阅历使他成为绝佳的旅伴。他给我讲他在印度做地方长官时的趣闻，以及东非地区族群风俗的细节。他讲得绘声绘色，以致我完全忘记了对朱迪斯的担心，以及波洛的话给我带来的深深的忧虑。

博伊德·卡灵顿对我朋友的评价同样令我满意。他对波洛有一种深深的尊敬——不仅仅是对他在事业上取得的成绩，也是对他的人格。虽然波洛目前的健康状况令人忧心，但博伊德·卡灵顿并未流露出一丝虚伪的同情。他似乎认为，波洛的一生已经是一份丰厚的奖赏，而我的朋友在自己的记忆中就可以获得满足和自尊。

“再说，”他说，“我敢打赌他的头脑还像以前一样敏锐。”

“没错，的确如此。”我立即表示同意。

“如果有人认为一个人一旦行动不便脑子也就跟着不

好使了，那就大错特错了。根本不是那么回事。年纪对脑力的影响比我们想象的要小。天啊，我可不敢在波洛眼皮子底下杀人——即便是这个时候。”

“他肯定会抓住你的。”我咧嘴笑着说。

“我想也是。再说，”他伤感地说，“我在杀人这方面也不擅长。我不是那种能周密筹划一件事的料。我这人没耐心。要是我杀了人，肯定是心血来潮。”

“那样的犯罪其实反倒是最难识破的。”

“我可不这么认为。我很可能会留下很多线索。嘿，幸好我压根儿也没想过要犯罪。我能想到自己会下狠手杀掉的唯一的人，就是诈骗犯。这当然是很不对的。我一直觉得诈骗犯都该死。你觉得呢？”

我对他的观点表示理解。

这时一个年轻的建筑师迎面走了过来，我们停下刚才的话题，开始检查房屋的施工情况了。

奈顿庄园的主体建于都铎时期，只有一个配楼是后来加上去的。十九世纪八十年代加装了两个简易的浴室之后，建筑的内外部结构就再也没有改变过了。

博伊德·卡灵顿向我解释说，他的叔父生前几乎一直过着隐居的生活。他不喜欢和人接触，所以房子虽然很大，但他只用了一角。埃弗拉德爵士对博伊德·卡灵顿和他的兄弟倒是十分容忍，在他后来变得更加遗世独立之前，还在上学的兄弟俩每年都会来这里度假。

老人家一生未婚，他丰厚的财产生前也只用了十分之一。所以在交完遗产税之后，博伊德·卡灵顿这位准男爵仍然继承了一大笔财产。

“但是我很孤独啊！”他叹了口气说。

我没吭声。我完全能理解他的感受，却无法用语言来表达我的心情。因为我自己也孑然一身。自从辛迪丝[①]去世后，我感觉自己失去了灵魂。

从我放慢的脚步中，博伊德·卡灵顿似乎多少看出了一点儿我现在的感受。

“啊，是啊，黑斯廷斯，我跟你还不一样，毕竟你曾经拥有过挚爱。”

他顿了一下，然后稍显突兀地给我大致讲述了他的伤心事。

他曾经有一位年轻貌美的妻子。她魅力出众，温柔贤淑，却继承了家庭的不良嗜好。她的家人几乎全部因为酗酒过度而死，她本人最终也没有逃过这个诅咒。他们婚后不到一年，她就因耽酒而死。他并不责怪她。他明白，遗传的因素是她无力抵挡的。

妻子去世后，他就过上了孤独的日子。陷于悲痛中的他决心再也不娶。

“还是一个人过，”他淡淡地说，“感觉更安全。”

①黑斯廷斯的妻子名叫贝拉，但黑斯廷斯一直称她为灰姑娘（辛德瑞拉），辛迪丝是简称。

“对，我能明白你的想法——至少一开始你会这么想。”

“这件事就是一出悲剧。它让我未老先衰，并且时常怨天尤人。”他停了一下，“没错——我一度再次动过心。但她那么年轻——我觉得把她拴在我这么一个对人生失去希望的老头子身边太不公平了。我年纪大她太多了——她那时还是个孩子——那么漂亮——那么纯洁。”

他又停住了，摇摇头。

“这难道不是应该由她来决定吗？”

“我也说不清楚，黑斯廷斯。我不是这么看的。她——她似乎真的喜欢我。但问题是，就像我刚才说的，她还很年轻。我永远忘不了我那年秋天第一次见到她时候的样子。她微微歪着头——有点疑惑地看着我——她那只小手——”

他停了一下。他的话在我的脑海中形成了一幅似曾相识的画面，但我也不明白为什么会这样。

博伊德·卡灵顿的声音突然严肃起来，打断了我的思路。

“我真傻，”他说，“坐失良机的人都是愚蠢的。不管怎样，如今的我就是这样了，有一座我根本用不上的大房子，却没有心爱的佳人陪伴。”

他稍显过时的遣词造句在我看来却有一种独特的魅力。他的话让我联想到一个充满宁静祥和的美丽旧世界。

“那位女士现在在哪儿？”我问道。

“哦——结婚了。”他干脆利落地回答，“事实是，黑斯廷斯，我现在完全安心做一个单身汉了。我有一些自己的小爱好，也时不时来看看花园。虽然很久疏于管理，但好在这些花花草草还算茂盛。”

我们在房子四周转了一圈，花园中的景致给我留下了很深的印象。毫无疑问，奈顿是一座十分别致的庄园，博伊德·卡灵顿应该为之自豪。虽然多年以来时过境迁，但他对这一带仍然十分熟悉，附近的大多数居民他也认识。

他很早以前就认识勒特雷尔上校。他说他真心希望斯泰尔斯庄园能给勒特雷尔夫妇带来收入。

“可怜的老托比·勒特雷尔其实生活得很困难。”他说，“他是个好人，也是个出色的军人，一个神枪手。我有一次跟他去非洲游猎。啊，那是多么美好的时光啊！后来他结婚了。谢天谢地，幸好他太太没有跟咱们一起来。她很漂亮——但一直很凶。老托比·勒特雷尔以前让下属心惊胆战，他是个多么严格的人啊！可如今呢，他被女人欺负得服服帖帖的！毫无疑问，那个女人长着一根刀子一样的舌头。不过好在她还有经营的头脑。如果有谁能让那个地方赚钱的话，那一定是她。勒特雷尔根本没有什么商业头脑——但托比太太为了赚钱能不择手段！”

“她太能说了。”我抱怨着。

博伊德·卡灵顿看起来很开心。“我知道。她善于甜言蜜语。不过你跟他们打过牌吗？”

我会心地给出了肯定的回答。

“我一般是不跟女人打桥牌的，”博伊德·卡灵顿说，“如果你接受我的建议，你最好也别。”

我告诉他刚到斯泰尔斯的第一晚，我和诺顿经历了怎样令人不快的煎熬。

“那就对了。谁遇到这样的事情都会无所适从！”他接着说，“诺顿人不错，只是特别不爱说话。没事就盯着鸟儿看，却告诉我说根本不想伤害它们。真奇怪！他对打猎完全没感觉。我告诉他，他失去了太多人生的乐趣。反正我是不明白一个人冷冷清清地在树林里串来串去，拿着望远镜看鸟有什么意思。”

我们当时根本没有意识到，诺顿的爱好在接下来即将发生的事情中将发挥重要的作用。

第八章

1

日子一天天过去。这段时光不能说愉快，似乎所有人都在不安地等待着什么事发生。

但一直没有任何大事发生。其间穿插的只有琐碎的小事、奇怪的谈话，关于斯泰尔斯各位房客的趣闻逸事，以及一些令人豁然开朗的评论。以上这些零星的片段都相互关联，如果我当时能得当地把它们拼合起来，本是应该可以离答案更进一步的。

最终还是波洛给我指明了方向。他仅用寥寥数语，便点出了我一直以来完全忽视的一点。

当时我正在第无数次地抱怨他对我隐瞒案情。我对他说这不公平。一直以来，我们两个掌握的信息都是对等的——虽然我稍微愚钝一些，而他总能机敏地根据事实做出正确的推断。

他不耐烦地挥挥手。“的确如此，我的朋友。我这么做是不公平！是有违公平竞赛的原则！是不按套路出牌！这些我都承认，你就不用再反复提起了。这不是一场游戏——这不是一场游戏。你一直胡乱猜测 X 的身份。我请你来不是为了这个，你没有必要忙于那件事。我知道那个问题的答案。而我现在不知道，但必须知道的问题是：不久之后——下一个死者是谁？我的朋友，这不是猜谜游戏，是关乎拯救生命的大事。”

我惊呆了。“当然，”我慢慢地说，“我——呃，我知道你之前也说过这个，只是我没有意识到。”

“那现在你应该意识到了——你应该立即明白这一点。”

“嗯，我会的——我是说，我已经明白了。”

“那就好！那么告诉我，黑斯廷斯，接下来谁会死？”

我愣愣地盯着他。“这个我真的完全没想法！”

“那你就应该去调查！不然你来这儿干什么？”

“没问题。”我说，思绪又回到了案子上，“被害人和 X 之间一定存在某种联系，也就是说如果你告诉我 X 是谁的话——”

波洛狠命地摇着头，看起来十分痛苦。

“难道我没告诉你那就是 X 最高明的一点吗？X 和死亡事件之间根本找不到任何联系。这是一定的。”

“你是说这种联系很隐蔽？”

“隐蔽到无论是你还是我都不会发现。”

“但是如果研究一下 X 的历史，肯定可以——”

“我告诉你吧，没戏。肯定来不及。任何时候都可能会有人遇害，你明白了吗？”

“死者就在这幢宅子里？”

“死者就在这幢宅子里。”

“你确实不知道接下来的死者是谁，也不知道凶手会采取什么方式？”

“啊！如果我知道的话，我就不会要求你帮我调查了。”

“你之所以这样推断，完全是因为 X 在这里？”

我的话听起来有些怀疑。瘫痪之后自控能力有所减弱的波洛当时就冲我吼了起来。

“啊，我的天啊，同样的话到底要让我跟你说多少遍才够？如果突然有一大群战地记者同时来到欧洲某地，那意味着什么呢？意味着战争即将开始！如果全世界的医生都同时来到某座城市，那能说明什么呢？说明那里有一场医学会议。有秃鹫盘旋的地方一定有尸体。如果猎人在沼泽附近活动，一定会有枪声。如果你看到一个人突然停下脚步，脱掉大衣，一头扎进海里，那么他肯定是要去救人。

“如果你看到一位外表端庄的中年女士透过篱笆窥视，那么你就可以推论篱笆里边发生了什么不当的行为！最后，如果你闻到香味，而且看到好几个人都沿着走廊朝一个方向走，那么你就可以断定要开饭了！”

我花了一两分钟思考着这些比喻，然后以第一个比喻为例反驳说：“虽然如此，但一个战地记者的存在，也不能证明战争要开始了啊！”

“当然不能。的确，一燕不成夏。但是黑斯廷斯，一个凶手却足以导演一场谋杀。”

这话完全在理。但我仍然觉得——波洛似乎没有看到这一点——即便是杀人犯也有不在状态的时候。X 或许只是在斯泰尔斯度假，完全没有任何恶意。但波洛此时情绪十分激动，我不敢把我的想法告诉他。我只表示，这件事在我看来希望渺茫。我们应该等待——

“——然后发现。”波洛接过我的话，“就像上次大战中你那位阿斯奎斯先生一样。那恰恰是，我亲爱的朋友，我们绝对不能做的。你听好了，我并不是说我们一定会成功，因为正如我之前跟你说的，当一个杀人凶手决意要杀人的时候，要阻止他是很困难的。但我们至少可以尽力尝试。想象一下，黑斯廷斯，你现在面对一道报纸上登载的桥牌解谜题目。你可以看到所有的牌。你要做的就是‘预测牌局结果’。”

我摇摇头。“没用的，波洛。我一点儿头绪都没有。如果我知道 X 是谁——”

波洛又冲我吼叫起来。他的声音太大了，以至于隔壁的科蒂斯都惊慌地冲过来，还以为发生了什么事。波洛挥手让他离开，然后才克制地跟我接着说。

“醒醒吧，黑斯廷斯，你并不像你表现得那么愚蠢。你研究过我让你读的那些案子。你或许不知道 X 是谁，但你知道 X 犯罪的手段。”

“哦，”我说，“我明白了。”

“你当然应该明白。你的问题在于你懒得动脑子。你喜欢玩游戏，喜欢猜想，却不喜欢用脑子思考。X 犯罪手段的核心是什么？是不是这些罪行都是完整的？也就是说，这些犯罪有动机、有时机、有条件，最后也是最重要的一点就是，有一个能承担所有罪行的人。”

我立即明白了案情的要点，心想自己之前竟然如此愚蠢。

“我明白了，”我说，“我要找的人就是满足以上这些条件的潜在受害者。”

波洛向后一仰，长出一口气。“终于明白了！累死我了。把科蒂斯叫过来。你现在明白应该做什么了。你活动力很强，能到处走；你可以跟踪别人，与人交谈，在暗处监视别人——”我反对波洛给我派这样的任务，但还是忍住没吭声。这样的争执不是一年两年了。“你可以偷听别人的谈话，你的膝盖弯曲自如，可以蹲下身从钥匙孔窥探屋里的情况——”

“我才不会从钥匙孔往屋里偷看呢。”我生气地打断了他。

波洛闭上眼。“那就随你吧。你不想偷看。你想继续做你的英国绅士，坐视别人被杀。不过那都无关紧要。对于英国绅士来说，荣誉才是第一位的。你的荣誉重于他人的生命。好吧！我明白了。”

“不是的，你说什么胡话啊，波洛——”

波洛冷冰冰地说：“让科蒂斯过来，你走吧。你真是个冥顽不化的蠢材。我真希望有其他人可以信赖，但恐怕我只能忍受你和你那荒唐的公平竞赛观了。既然你空长着大脑却不用，那就至少在荣誉规则允许的范围之内利用你的眼睛、耳朵和鼻子吧。”

2

第二天我才试着提出一个在我脑海中出现多次的想法。我把想法告诉波洛的时候语气显得有些迟疑，因为谁也不知道波洛听了我的话会有怎样的反应！

我说：“我一直在想，波洛，我知道有一些做得不对的地方。你说过我很愚蠢——唔，某种程度上你说得没错。而且我一直觉得自己失魂落魄的。自从辛迪丝去世之后——”

我停住了。波洛生硬地哼了一声，表示同情。

我接着说：“但有一个人能帮我们——他正是我们需要的那种人。他有头脑、有想象力、有资源——他习惯做决定，而且阅历丰富。我说的是博伊德·卡灵顿。他就是我们想要的那种人，波洛。相信他吧。把案子的事跟他说说。”

波洛睁开眼，决绝地说：“根本不可能。”

“为什么呢？不可否认他很聪明——他可比我聪明多了。”

“比你聪明，”波洛用令人难堪的嘲讽语气说，“并不是什么难事。放弃这个想法吧，黑斯廷斯。我们谁也不能相信。明白了吗？你记住，我不许你再提起这件事。”

“好吧，既然你都这么说了，不过真的，博伊德·卡灵顿——”

“啊，天啊！博伊德·卡灵顿。为什么你这么钟情博伊德·卡灵顿呢？说到底他算什么东西？一个大块头的自大之人，因为别人称呼他‘阁下’就扬扬得意。他——当然，他有一点智慧和魅力，但他没有你说得那么好。他不断地重复自己说过的话，一个故事总要讲两遍——再有就是他记忆力糟糕透顶，竟然把别人告诉他的故事反过来讲给对方听！他能力出众？根本就不是那么回事。他只是个上了年纪的讨厌鬼、话痨——还有——自大狂！”

“哦。”我突然明白了一件事。

博伊德·卡灵顿的记性确实不好。他确实犯过那些让波洛恼火不已的错误。波洛曾经给他讲过一件他在比利时当警察时遇到的事，而几天之后，当我们几个人聚在花园里聊天的时候，博伊德·卡灵顿似乎完全没有印象似的，把波洛告诉他的故事讲给波洛听，讲之前还说“我记得巴黎警察局局长曾经告诉我……”。

我现在终于明白这件事让波洛多么恼火！

我知趣地没有再说什么，直接退出了波洛的房间。

3

我下楼走进花园。花园里没有人，我穿过一片小树林，走上一座草木茂盛的小山。小山顶上有一座通透的避暑凉亭，已经十分破败。我在凉亭前坐下，点燃烟斗，开始思考。

现在住在斯泰尔斯庄园的这些人里，谁有确定的动机要杀掉另外一个人——或者谁可能成为栽赃的对象呢？

除了勒特雷尔上校之外，我想不出任何其他人符合这个条件。而且虽然对勒特雷尔上校的怀疑并非完全没有道理，但恐怕他不太可能会在一局桥牌游戏中间抄起斧子砍向他的妻子。

问题在于我对这些人其实并不了解。比如诺顿和科尔小姐。通常杀人的动机是什么？金钱？我想博伊德·卡灵顿是这一群人里唯一的富人。如果他死了，谁会继承这笔钱呢？是现在住在庄园里的某个人吗？这种可能性微乎其微，但这或许是一个值得进一步探究的问题。比如他或许会把遗产捐赠给科学研究事业，这样一来富兰克林就成了受托人。如此看来，富兰克林医生此前那番“百分之八十的人口都应该被消灭”的不理智言论或许会成为对这位红头发大夫不利的证据之一。或许诺顿或者科尔小姐是博伊德·卡灵顿的远房亲戚，一旦卡灵顿出事就可以自动继承遗产。虽然有点牵强，但并非毫无可能。难道作为多年老友的勒特雷尔上校是博伊德·卡灵顿遗嘱的受益人？从金钱的角度看这个案子，似乎只有上述几个可能。我转而考虑那些更为浪漫的可能性。首先说富兰克林夫妇。富兰克林太太是个虚弱的病人。有没有可能她是被人下了慢性毒药——而一旦她去世，她的丈夫会不会因此受到指责？他本人就是医生，他毫无疑问有下毒的条件和所需的资源。那么动机呢？这时我的脑海中闪过一个令人不快的念头，那就是朱迪斯或许会受到牵连。我固然十分清楚他们之间仅仅是单纯的工作关系——但公众会相信吗？愤世嫉俗的警察会相信吗？朱迪斯是一个非常漂亮的年轻姑娘。魅力四射的秘书或者助理经常会成为很多罪案的犯罪动机。这种可能性让我忧心忡忡。

接下来我开始考虑阿勒顿。有人想杀掉阿勒顿吗？如果必须发生一场凶案的话，我宁愿死者是阿勒顿！想要干掉他的动机应该是显而易见的。科尔小姐虽然不再年轻，但仍然十分漂亮。虽然我没有证据，但或许她曾经与阿勒顿关系亲密，并受到嫉妒心驱使而对后者下手。另外，如果阿勒顿是 X——

我不耐烦地摇摇头。想了这么多却完全没有任何进展。山下砾石路上的脚步声吸引了我的注意。是富兰克林。只见他双手插在口袋里，头向前伸，朝宅子的方向快步走着。他看上去沮丧至极。突然看到他这样一副愁眉苦脸的样子，让我十分惊讶。

我光顾着看他，没有听到身边传来的脚步声。当科尔小姐的声音突然响起，我才猛地转过身。

“我没听到你过来。”我一边慌忙站起身一边解释道。

她正盯着避暑凉亭看。

“好一座维多利亚时代的遗迹！”

“可不是嘛。不过估计里面结了不少蜘蛛网。请坐。我来给你掸掸尘土。”

我突然意识到这是一个更深入了解同住房客的好机会。我趁着掸扫蜘蛛网的机会，偷偷观察着科尔小姐。

她大约三四十岁的年纪，虽然稍显憔悴，但线条分明，而且长着一双十分漂亮的眼睛。她身上散发着一种拘谨的气质——或者说更多的是一种怀疑。我突然觉得这是一个曾经历过苦难的女人，并因而对生活失去了信任。我感觉自己对伊丽莎白·科尔的身世越来越感兴趣了。

“好了，”我用手绢又轻轻地掸了一下，“这样就差不多了。”

“谢谢。”她微笑着坐下。我坐在她身边。椅子咯吱咯吱响了几声，不过好在没有发生什么事故。

科尔小姐开口说：“告诉我，我刚才过来的时候你在想什么？你看起来陷入了沉思。”

我慢慢地说：“我在观察富兰克林医生。”

“观察什么？”

我想了想，觉得告诉她我的真实想法也没什么问题。

“他似乎很不幸福，这让我很惊讶。”

我身旁的女人静静地说：“他当然不幸福了。你肯定早就意识到这一点了。”

我感觉自己表现出了诧异。我有点结巴地说：“没有——没有——我没有。我一直以为他是完全沉浸在工作中的。”

“他的确是。”

“你认为那是一种不幸吗？我倒以为那是我可以想象到的最幸福的状态。”

“哦，是啊，这点我没意见——可是如果一件事你觉得你应该做，却因为某种原因不能做，那就不能算是幸福了吧。就是说你没法达到令自己满意的最高水平。”

我十分疑惑地看着她。她继续解释道：“去年秋天，富兰克林医生得到一个去非洲继续进行研究的机会。正如你所知，他对这个机会非常感兴趣，而且他在热带地区医学的领域已经达到了顶尖水平。”

“然而他没去？”

"没有。他妻子反对。她自己的身体没法承受热带的气候，但又不想一个人留在英国，特别是因为那样意味着她必须省吃俭用。非洲那个项目的薪水并不高。"

"哦。"我慢慢地接着说，"我猜他是觉得自己妻子的身体状况这么不好，不能扔下她不管吧。"

"你了解她的身体状况吗，黑斯廷斯上尉？"

"呃，我——不了解——不过她不是生病了吗？"

"她当然很享受生病的状态。"科尔小姐淡淡地说。我怀疑地看了看她。不难看出她完全同情富兰克林医生。

"我想，"我慢慢地说，"娇弱的女人通常都会表现得自私吧？"

"没错，我认为病人——那些长期卧床的病人——通常是十分自私的。也许我们不能责备他们什么。毕竟这样生活起来太省事了。"

"你认为其实富兰克林太太的病情并没有那么严重？"

"哦，我不会那样说。这只是我的猜测。她似乎总是能如愿以偿。"

我静静地回想了一两分钟。我发现科尔小姐似乎和富兰克林家庭的各个分支都十分熟悉。我好奇地问她："我想你很了解富兰克林医生吧？"

她摇摇头。"哦，没有。我之前只见过他们一两面。"

"但他跟你讲过他自己的故事，对吧？"

她又一次摇摇头。"没有，我刚才说的都是你女儿朱迪斯告诉我的。”

我痛苦地意识到，原来朱迪斯唯独对我才什么都不说。

科尔小姐接着说：“朱迪斯对她的雇主十分忠诚，并且为他的遭遇打抱不平。她对富兰克林太太的自私意见很大。”

“你也觉得她自私吗？”

“是的，但我能理解她的观点。我——我能理解那些虚弱的病人。我也能理解富兰克林医生为什么能这么迁就她。当然，朱迪斯认为他应该把妻子安顿起来然后专心工作。你的女儿是一位非常热情的科学工作者。”

“我知道，”我闷闷不乐地回答，“这一点有时候让我很苦闷。她这份热情看起来有点异于常人，如果你明白我的意思。我感觉她应该——更像一个普通人——更热衷于让自己开心。找点乐子——比如找个好男人坠入爱河。毕竟，青春就是纵情享乐的时候——而不应该坐在那儿拿着试管倒来倒去。她这种状态总让我觉得不自然。我们年轻的时候总是尽情享受——相互调笑——纵情娱乐——你知道的。”

我们俩都沉默了片刻。然后科尔小姐用一种奇怪的苍老声音说：“我不知道。”

我那一瞬间觉得很恐惧。我没有多想就把她算成了我的同龄人——但我突然意识到她比我小十多岁，而我刚才的话显得太无礼了。

我尽力地向她道歉。她打断了我结结巴巴的话。

“不是，不是，我不是那个意思。请你不要跟我道歉。我要表达的就是我说的话的字面意思。我不知道。我年轻的时候跟你说的年轻时候完全不一样。我从来也没有享受过你所谓的‘好时光’。”

她声音中的某种东西，或许是一种悲伤，抑或是一种深深的怨恨，让我怅然若失。我无力却真诚地说：“抱歉。”

她微笑起来。“哦，唔，没关系的。别这么沮丧。让我们聊聊别的吧。”

我同意。“跟我说说这里的其他人吧，”我说，“如果其中还有你认识的人的话。”

“勒特雷尔夫妇我一直认识。他们混到今天这个地步我很难过——尤其是对于勒特雷尔上校来说。他是个大好人。而他的夫人也比你想象得要好。只是一辈子精打细算让她变得比较——唔——有攻击性。如果你凡事都急功近利地想成功的话，别人早晚会看出来的。我唯一不喜欢她的一点就是她滔滔不绝的做派。”

“给我讲讲诺顿吧。”

“其实关于他没什么可说的。他人不错——挺内向的——或许有些傻气。他很敏感。他之前一直跟母亲一起住——他母亲是一个脾气很差而又愚蠢的老女人。我估计她当时肯定总是支使他干这干那。她几年前去世了。他喜欢小鸟啊、花草啊什么的。他是个非常善良的人——而且他能看到很多东西。”

“你是说透过他的望远镜？”

科尔小姐笑了。“呃，我说的不是那个意思。我是说他观察力很强。安静的人通常都是如此。他不自私——而且对于一个男人来说，他算得上十分体贴，只不过他——没有什么一技之长，如果你明白我的意思的话。”

我点头。“哦，是的，我明白。”

伊丽莎白·科尔突然带着更加悲伤的腔调说：“这就是为什么这样的地方总让人觉得压抑。我是说这种落魄的好人经营的旅馆。这种地方充斥着各种失败——住在这种地方的不是过去一无所成并且永远也不会有任何成就的人，就是被生活击败、被生活压垮的人，要不然就是行将就木的衰老之人。”

她的声音低到没有了。一种深深的悲伤感觉流过我的全身。她说得完全没错！我们这些斯泰尔斯的房客都是些没有前途的人。我们只有斑白的两鬓、脆弱的心灵和褪色的梦想。我自己孤苦伶仃，我身旁的女人也满心悲伤、对生活失去了希望。雄心勃勃的富兰克林医生大志难伸，他的妻子则被病魔所困。诺顿这个不善言辞的年轻人只能看着鸟儿消磨时光。即便是波洛，那个曾经聪明绝顶的波洛，如今也已经成了瘫痪在床的垂垂老朽了。

回想当初，一切都是那么不同——就在我初次来到斯泰尔斯的时候。想到这里我心中的感情已经难以忍受——在痛苦与悔恨交织中，我发出了压抑的慨叹。

我的同伴赶忙问我："怎么了？"

"没什么。我只是被这种反差吓到了——你知道，我多年前还年轻的时候曾经来过这里。我刚才在想当初与现在是何等不同。"

"我明白。那时候这里是个幸福的地方吗？大家都很快乐吗？"

说来奇怪，有时候人的思维就像在万花筒中摇摆。我当时的思维就是如此。过往的记忆和事件来回往复，直到零碎的片段最终形成了一个真实的图案。

我感到遗憾是因为过去的时光已经过去了，而不是因为多年前的现实有多么美好。因为即便是那时候，斯泰尔斯也不是一个幸福的地方。现在我可以客观地回忆起当时的真实情况了。我的朋友约翰和他的妻子都十分不幸，并对自己的命运感到愤怒。劳伦斯·卡文迪什终日闷闷不乐；乐观开朗的辛西亚苦于无法独立；英格尔索普为了钱财与一个富婆结婚。不，他们之中没有任何一个人是幸福的。如今也是一样，这里还是没有一个幸福之人。斯泰尔斯真是一幢不幸的宅院。

我对科尔小姐说："我刚才回想起的不过是一些幻象。这里从来就不是一个幸福的地方。现在也不是。每个人都是不幸的。"

“不，也不能这么说。你的女儿——”

“朱迪斯也不快乐。”

我这话说得斩钉截铁，但其实我是在那一瞬间才意识到这个问题的。没错，朱迪斯不快乐。

“博伊德·卡灵顿，”我迟疑地说，“他有一天说他感到孤独——可我一直以为他很享受现在的生活——毕竟他有自己的房子，吃穿不愁。”

科尔小姐严肃地说：“哦，是啊，但是威廉爵士不一样。他跟我们不是一路人。他来自外面的世界——那个成功和独立人士的世界。他的人生是成功的，而且他也很清楚这一点。他不是一个——废人。”

她这个词用得很有意思。我转过头看着她。

“你能不能告诉我，”我问道，“为什么你刚才要用那样一个奇特的说法？”

“因为，”她的语气中突然充满强烈的热情，“那就是事实。至少我是这样的。我就是一个废人。”

“我看得出，”我柔声说，“你一直不开心。”

她轻声说：“你不知道我是谁吧？”

“呃——我知道你的名字——”

“科尔不是我的姓——其实科尔是我母亲的姓。我是后来才用这个姓的。”

“后来？”

“我原本姓里奇菲尔德。”

一开始我并没有理会——只是觉得这名字有些耳熟。然后我才想起来。

"马修·里奇菲尔德。"

她点点头。"看来你知道那件事。我刚才说的就是那个。我的父亲是个性情狂躁的病人，他禁止我们过正常人的生活。我们不能邀请朋友到家里来。他不给我们钱花。我们就像——在监狱里一样。"

她停了一下，那双美丽的眼睛睁得大大的。

"然后我的姐姐——我的姐姐——"

她彻底停住不说了。

"请你别——别说了。对于你来说这样太痛苦了。我了解这件事，没必要跟我讲了。"

"你并不了解。你不可能了解。玛姬[①]。简直不可思议——令人难以置信。我知道她去了警察局，我知道她自首了，我也知道她供认了罪行。但我有时还是不敢相信！我有时觉得那不是真的——根本就没有那么一回事——真相根本不是像她说的那样。"

"你是说——"我犹豫了，"事情的真相——不同于——"

她没等我说完。"不，不，不是那样的。不，是玛姬她自己。她不是那样的人。那样的事情——玛姬做不出

①玛姬，玛格丽特的昵称。

来！”

话已到嘴边，我却没有说出来。将来有一天我可以对她说：“你是对的，杀人的不是玛姬……”不过那时还不是时候。

第九章

大约六点钟左右，勒特雷尔上校沿着小路过来了。他背着一支猎枪，手里拎着几只死鸽子。

听到我跟他打招呼，他愣了一下，似乎看到我们很惊讶。

“你们好啊，你们俩在这儿干吗？那地方年久失修，摇摇晃晃的，不太安全，都快碎成一片一片的了，没准儿什么时候就会倒塌。怕你们到时候弄一身土，伊丽莎白。”

“嗯，没关系。黑斯廷斯上尉为了让我的裙子不沾上土，都牺牲一条手绢了。”

上校轻声嘟囔着：“哦，是吗？哦，好啊，那就好。”

他噘着嘴唇站在那儿，我们起身走到他身边。

他今天晚上好像灵魂出窍。他强打精神说：“一直就想抓住这些天杀的鸽子。祸害不浅。”

“听说你是个神枪手。”我对他说。

“哦？谁跟你说的？哦，是博伊德·卡灵顿吧。从前还行——从前的事了。现在有些生锈了。岁月不饶人啊。”

“视力不行了吧。”我答道。

他马上就否定了我的猜测。“才没有那回事。我的视力跟以前一样好。当然，我看书还是要戴眼镜的，但远处的东西能看得一清二楚。”

过了一两分钟他又重复了一遍：“对——还好。没那么严重……”他越说声音越小，最后变成了一阵心不在焉的喃喃自语。

科尔小姐看着四周说：“多么美丽的夜晚啊！”

她说得没错。此时西沉的落日洒下一片金光，连树影似乎都闪闪发亮。这是一个典型的英国黄昏，沉寂而平静，正如人在遥远的热带国家时常怀念的那样。我把自己的想法告诉了同行的两个人。

勒特雷尔上校马上表示赞同。“太对了，太对了，我当初常常怀念这样的夜晚——就是我在印度的时候。这样的景色总让你盼望着退休之后清闲的日子，你说是不是？”

我点点头。他接着说，不过声音变了：“是啊，稳定下来，回到故乡——但到时候你就会发现，其实很多事情都跟想象中的大不相同——不一样——不一样。”

我想，他的经历恐怕尤其如此。他从没想过自己要靠经营旅馆赚钱谋生，还要忍受妻子喋喋不休的唠叨。

我们缓缓地朝宅子走着。诺顿和博伊德·卡灵顿坐在露台上。我和上校走过去陪他们聊天，科尔小姐先进去了。

我们聊了几分钟。勒特雷尔上校似乎高兴多了。他开了几个玩笑，似乎比平素更加欢快、兴奋了。

“天真热啊，”诺顿说，“我口渴了。”

“喝点儿东西吧，伙计们。我请客，怎么样？”上校听起来十分热情。

我们谢过他，也就接受了。他站起身走进屋里。

我们坐的地方刚好就在客厅窗户旁，而客厅的窗户是开着的。

我们听见上校进屋之后打开橱柜，开塞钻吱的一声响，然后就传来了瓶塞拔出瓶口的一声闷响。

而就在这时，房间里突然响起了勒特雷尔太太那尖厉的声音。

“你在干什么，乔治？”

上校的声音很低，含混不清。我们只听到零星的几个模糊的词语——“外面的伙计们”“喝点儿”——

那尖刻恼人的声音愤怒地爆发了：“你不能这么干，乔治。先说说你这个念头。你要是成天这样请人喝饮料，请完这个请那个，这家店还怎么赚钱？在这儿，喝东西必须付费。我有经营头脑，而你没有。要不是我，你早就破产了！我还得像看孩子似的照顾你。没错，你就跟一个小孩子一样，一点儿常识都没有。把那瓶酒给我。我说把酒给我！”

屋里又传来一阵痛苦的嘟囔。

勒特雷尔太太粗暴地说：“我根本不在乎他们渴不渴。

那瓶酒必须放回橱柜里，而且我必须把橱柜锁上。”

接着我们就听到钥匙在锁孔里转动的声音。

“行了。这样就对了。”

这时上校的声音听得清楚了：“你太过分了，黛西。我不会容忍的。”

“你不会容忍的？我倒想问问你算老几啊？这个家谁说得算？是我。这点你可别忘了。”

随着一阵布料的响声，勒特雷尔太太怒气冲冲地走出了房间。

过了几分钟，勒特雷尔上校才回来。他看起来似乎老了好几岁。

我们都为他深深地难过，并且都有心杀了勒特雷尔夫人。

“实在对不起你们，”他用僵硬而不自然的声音说，“好像威士忌没货了。”

他一定意识到我们无意中听到了屋里发生的事。即便他没有意识到这一点，看了我们的反应他也会明白的。我们几个都无所适从，诺顿更是没头脑地赶忙说他其实不是特别想喝东西——毕竟现在这个时候离吃饭时间太近了——然后费劲地转移话题，说了一连串前言不搭后语的话。那一刻真的糟透了。我完全呆住了，而我们中唯一有机会把事情化解掉的博伊德·卡灵顿，在诺顿的一阵胡说八道中间根本没插上话。

我用余光看到勒特雷尔太太戴着园丁手套，拿着除草剪，沿着一条小路阔步往花园方向走。她当然是一个能干的女人，但那一刻我却十分厌恶她。谁也没有权力侮辱别人。

诺顿还在滔滔不绝地说着。他从地上捡起一只鸽子，先是给我们讲他上预科学校的时候如何因为看人宰兔子感到恶心，而遭到同学嘲笑，接着又把话题拉到松鸡猎场上，给我们讲了一个漫长又毫无重点的故事，说的是在苏格兰发生的一个助猎者被误杀的事故。我们都讲了自己知道的类似误伤事故，然后博伊德·卡灵顿清了清嗓子说："我有一个勤务兵有一次遇到一件有意思的事。他是个爱尔兰小伙子，一次他回爱尔兰休假，回来之后我问他假期过得好不好。

"'啊，当然，阁下，是我最开心的假期之一！'

"我说：'那就好。'不过我心里其实很惊讶他这么高兴。

"'嗯，这个假期真是棒极了！我把我哥哥杀了。'

"'你把你哥哥杀了！'我惊呼一声。

"'是啊，没错。我早就想这么做了。我当时在都柏林一间房子的屋顶上，看见远处有人走过来，走近一看是我哥哥，而且我当时手里拿着枪。那一枪真是特别漂亮，虽然我自己这样说显得有点自夸。就像打鸟一样就把我哥哥杀了。啊，那一刻真是太美妙了，我永远也忘不了！'"

博伊德·卡灵顿很会讲故事，他用夸张的语调把整个故事说得绘声绘色，我们都笑了，瞬间觉得轻松不少。然后卡灵顿说吃晚饭前要先洗个澡，于是就起身离开了。诺顿动情地说出了我们所有人的心声："他可真是个好人！"

我表示赞同，勒特雷尔也说："是啊，是啊，真是个好人。"

"我听说他无论在哪儿都是佼佼者，"诺顿说，"不管什么事只要他参与肯定能成功。他头脑清晰，而且非常了解自己——行动能力强。真正的成功人士。"

勒特雷尔慢慢地说："有些人就是这样。他们参与的所有事情都能大功告成。这样的人永远也不会出错。有些人——就是运气特别好。"

诺顿赶忙摇了摇头。"不对，不对，先生。不是运气。"他似有深意地引用了一句经典名句，"'错不在命运，亲爱的布鲁特斯——而在于我们自己。'"

勒特雷尔说："也许你是对的。"

我赶忙说："不管怎么说，他还是继承了奈顿庄园。多大一片地方啊！不过他应该结婚的。他自己住实在太孤单了。"

诺顿笑了。"结婚成家？要是他老婆成天欺负他呢——"

完全是运气不好。这种话换成谁也都会说。可这时候说出这句话就太尴尬了。话出口的一瞬间，诺顿也意识到了。他试图把话咽回去，犹豫了一下，结巴了几声，然后突兀地停住了。一句话让整个局面更糟糕了。

我和诺顿异口同声地开始说话。我傻呵呵地评论了一番夜间的灯光。诺顿则说晚餐后要打桥牌。

勒特雷尔上校没理我们。他用一种奇怪的、不动声色的语气说："不会的，博伊德·卡灵顿不会受老婆的气。他不是那种任人欺负的人。他没问题。他是个男人！"

气氛十分尴尬。诺顿又开始说桥牌的事。正说着，一只大鸽子从我们头顶上飞过，落在不远处的树枝上。

勒特雷尔上校举起枪。"讨厌的东西。"他说。

没等他瞄准，那只鸽子就钻进了林子，根本打不到了。

可与此同时，上校发现远处小丘那边有什么东西在动。

"该死，又是兔子在啃果树幼苗的树干。我还以为那个地方已经清理过了呢。"

他举枪射击，而我却看见——

伴随枪声，响起一声女人的尖叫。尖叫声停止之后便传来一阵可怕的汩汩声。

枪从上校手中滑落，他的身子一沉——用手捂住了嘴。

"天啊——是黛西。"

这时我已经穿过草坪朝事发地跑过去。诺顿紧随而来。我到达出事地点之后蹲下身查看。果然是勒特雷尔太太。她刚才正跪在地上，要把果树幼苗绑在木桩上固定。我发现这一带野草很高，这才明白为什么上校没看清是她，只看到草丛里有东西在动。而且光线也很昏暗。她肩膀中弹，鲜血直流。

我弯下腰检查她的伤口，抬头看了看诺顿。他靠着一棵树，脸色发青，似乎恶心到了。他向我道歉说："我晕血。"

我厉声说："马上把富兰克林医生找来。要不就把护士请来。"

他点点头，跑开了。

先到场的是克雷文护士。诺顿刚走没多久她就出现了，并且马上开始进行止血处理。不久之后，富兰克林也跑来了。他没来之前我们已经把勒特雷尔太太抬进屋，放在了床上。富兰克林处理了伤口之后包扎好，然后打电话请勒特雷尔太太的私人医生过来，克雷文护士则留下来照顾她。

富兰克林刚放下电话我就走上去。

"她情况怎么样？"

"哦，基本没什么大事。所幸子弹没有打中要害。怎么回事啊？"

我给他讲了讲前后的经过。他说："明白了。那位仁兄现在在哪儿？他肯定觉得糟糕极了。可能他比他妻子更需要照顾。我觉得他心脏可不太好。"

我们在吸烟室里找到了勒特雷尔上校。他嘴唇青紫，看上去完全蒙了。他断断续续地说："黛西呢？她——她怎么样？"

富兰克林快速地说："她很快就会没事的，先生。您不用担心。"

"我还——以为——是兔子——在啃树干——没想到竟然犯下这样的错误。只看到有反光。"

"没什么大不了的，"富兰克林干巴巴地说，"我之前见过一两个这样的案例。先生，你最好喝点儿酒。你现在脸色很糟糕。"

"我没事。我能不能——能不能进去看看她？"

"现在还不行。克雷文护士在照顾她。不过你别担心。她会好起来的。奥利弗大夫一会儿就过来，他肯定也会这样对你说的。"

我离开他们两个，走到黄昏笼罩的院子里。朱迪斯和阿勒顿顺着小路朝我走过来。他的头歪向她，两个人都在笑。

惨剧刚刚发生，眼前的这一幕让我十分愤怒。我厉声叫着朱迪斯，她惊讶地抬头看了我一眼。我简短地告诉他们刚才发生的事情。

"这真是一件蹊跷事。"我的女儿评论道。

在我看来，她根本没有表现出应有的不安。

阿勒顿的反应更是让人气愤。他似乎把这件事当一个笑话看。

"那老泼妇真他妈罪有应得。"他说，"你觉不觉得那老伙计是故意那样做的？"

“当然不是，”我严肃地说，“这是一场意外。”

“是，不过我很了解这种意外。有时候还是能帮上大忙的。我把话放在这儿，要是那老伙计真是故意朝她开枪的，我向他脱帽敬礼。”

“根本就不是那回事。”我恼怒地说。

“别那么肯定。我认识两个开枪打死自己老婆的人。一个是擦枪走火，另一个说自己在跟老婆开玩笑，用空枪指着她。他也不知道枪膛里有子弹。两人现在都没事。真是不错的解脱，反正我是这么看的。”

“勒特雷尔上校，”我冷冰冰地说，“不是那样的人。”

“可我们必须得承认，如果他老婆死了，对他而言是个不错的解脱，对吧？”阿勒顿一语中的，“他们是不是刚吵过架？”

我生气地转过脸去，同时却努力掩饰着心中的忧虑。阿勒顿说得还是很有道理的。我第一次开始感到怀疑。

随后我遇到了博伊德·卡灵顿，但我的担忧却并没有因此而有所缓解。他告诉我他当时在往湖边散步。当我把事情经过告诉他时，他立刻说：“你觉得这会不会是他故意要朝她开枪啊，黑斯廷斯？”

“我亲爱的朋友！”

“抱歉，抱歉。我不应该那样说的。只是我现在不由得会怀疑……她——她之前刺激过他啊，你知道的。”

我们都想起了无意中听到的那一幕，于是都沉默了。

我心情沉重地回到楼上，敲开了波洛的门。

他已经从科蒂斯那里听说了发生的事，不过他还是急着要听我讲述细节。自从我来到斯泰尔斯之后，就逐渐养成了每天给波洛详细讲述我所见所闻的习惯。通过这种方式，我觉得可以让我的朋友不至于与外界隔离。这让他感觉自己是亲身参与了每一件事的。我一向记忆力好，原样重复我和别人的对话不是什么难事。

波洛认真地听着。我希望他可以干脆地否定那个如今已占据我头脑的可怕想法，但还没等他来得及告诉我他的看法，突然传来一阵轻轻的敲门声。

是克雷文护士。她首先道歉说打扰到我们。

“抱歉，我以为富兰克林医生在这儿。老夫人现在醒过来了，她担心自己的丈夫。她想见他。您知道他在哪儿吗，黑斯廷斯上尉？我不想离开我的病人。”

我自告奋勇去找勒特雷尔。波洛点头同意，克雷文护士热情地向我道谢。

我在一间很少有人用的晨间起居室里找到了勒特雷尔上校。他站在窗前朝外看。

听到我进门他猛地转过身。他的眼神充满疑问。我感觉他看起来很害怕。

“您的夫人醒过来了，勒特雷尔上校，她让您过去。”

“哦。”他的双颊一下子变得通红，我这才意识到他刚才面色有多么苍白。他如同一个垂暮之人一样慢慢地说：

“她……她……让我过去？我——马上——就到。”

他站立不稳，朝门口踉踉跄跄地走过去，我赶紧过来扶他。他重重地靠在我身上，我扶着他一起上楼。他喘气都显得吃力。正如富兰克林医生所说，这件事对他的打击十分沉重。

我们走到病房门口。我敲了敲门，克雷文护士清脆的声音回答道：“进来。”

我搀着这位上了年纪的老先生，和他一起走进房间。床边上围着帘子。我们转过床脚。

勒特雷尔太太气色很差——苍白而虚弱，闭着眼睛。我们走到近前她才睁开眼睛。

她艰难地小声说：“乔治——乔治……”

“黛西——亲爱的……”

她的一只胳膊打了绷带固定着。另一只则摇摇晃晃地朝他伸过来。他向前迈了一步，抓住了她娇弱的小手。他又说着：“黛西……”然后粗声粗气地说，“感谢上帝，幸好你没事。”

我看着勒特雷尔，看着他那饱含着深情与忧虑的双眼微微泛着泪光，不由得为我们刚才不负责任的臆断感到羞愧。

我轻轻地走出房间。的确是一场意外！那种发自内心的感激之情是无法掩盖的。我感到无法言喻的欣慰。

我正沿着楼道里走着，突然响起的锣声吓了我一跳。

我完全忘记了时间已经过去了多久。这场意外打乱了所有人的生活。只有厨子一如既往地按时做好了饭菜。

包括我在内，大多数人都没来得及换衣服，勒特雷尔上校也没有出现。不过富兰克林太太今天终于下楼吃饭了。她身着一件漂亮的淡粉色晚礼服，看上去精神很好，身体状况也不错。我感觉富兰克林医生倒是看起来心事重重的。

令我恼火的是，晚饭后阿勒顿和朱迪斯又一起去了花园。我待了一会儿，听着富兰克林和诺顿讨论热带疾病。诺顿是个善于倾听的听众，虽然他对二人讨论的话题知之甚少。

富兰克林太太和博伊德·卡灵顿正在屋子另一边聊天。他在给她展示一些窗帘或者印花棉布的图案。

伊丽莎白·科尔拿着一本书，似乎读得很入神。我想她可能觉得跟我在一起不是特别自在。或许是下午她告诉我实情之后就觉得相处起来没有往日那么自然了。我对此很遗憾，不过也希望她没有后悔告诉我那些话。我当时本来想向她说明白，我会尊重她的隐私，不会对别人说这件事。不过她没给我机会。

我坐了一会儿，然后就上楼去找波洛了。

我看到勒特雷尔上校正在波洛的房间里，他坐的地方刚好被墙上开着的一盏小电灯照亮。

他正在说着什么，波洛在听。我想上校与其说是跟波洛说话，不如说是自言自语。

“我记得清清楚楚——是啊，那是在一场联谊舞会上。她戴着一条白色的东西，好像是一条薄纱，在她身边飞舞。她那时是个多漂亮的姑娘啊——我那一瞬间就爱上她了。我对自己说：‘我一定要娶她为妻。’苍天保佑，我最后做到了。她的性格真是讨人喜欢——直来直去，你说一句她就顶你两句，嘴上从来不饶人。上帝保佑她。”

他说到这儿笑了。

我在脑海中可以看到当时的场景。我可以想象到黛西·勒特雷尔那俏皮的脸蛋和如簧的巧舌——这些在当时引人注目的品质，随着岁月的流逝，都变成了泼妇的特征。

但勒特雷尔上校今晚想起的是那时的那个少女，他的第一个真爱。他的黛西。

我再一次为我们几个小时之前说的话感到羞愧不已。

当然，勒特雷尔上校走后，我把整件事和盘托出，讲给了波洛。

他静静地听着。我从他脸上看不出任何蛛丝马迹。

“你是这么认为的吗，黑斯廷斯——那一枪是故意的？”

“没错。我现在感觉很羞愧——”

波洛不屑地摆摆手。

“是你自己这么想的，还是别人跟你提起的？”

“阿勒顿倒是跟我说过类似的话，”我怨恨未平地说，

“也难怪，他就是那种人。”

“还有别人对你这样说过吗？”

“博伊德·卡灵顿也提起过。”

“啊！博伊德·卡灵顿。”

“毕竟他到过很多地方，见过这样的事。”

“哦，没错，没错。不过他没亲眼看到整件事，对吧？”

“没有，他去散步了。换衣服吃晚饭前先运动一会儿。”

“原来如此。”

我不安地说：“我其实并不相信这个说法。只是——”

波洛打断了我。“你不用为自己的怀疑而难过，黑斯廷斯。在当时那样的环境下，换作谁都会这样想。是啊，整件事都很不自然。”

波洛的表情动作我不太看得懂。他有所保留。他的眼睛好奇地看着我。

我缓缓地说：“也许吧。可我看到他那么忠于她——”

波洛点点头。“的确如此。别忘了事情往往就是这样。在争吵、误解和日常生活中掩盖不住的敌意背后，可能存在着一份真挚的感情。”

我表示同意。我想起勒特雷尔太太是如何用一种温柔而饱含爱意的眼神看着伏在她病床前的丈夫。再也没有恶语相向，没有了不耐烦，没有了脾气。

我上床睡觉的时候突然觉得，婚姻生活真是一件有趣的事。

但波洛表情动作中的那份异样的感觉还是令我不安。那种好奇而警觉的眼神——好像他在等着我发现什么

但到底是什么呢？

我上床的一瞬间突然想到了。豁然开朗。

如果勒特雷尔太太被杀身亡，那么这起案件就和其他案子一样了。勒特雷尔上校显然会成为杀妻的凶手。整个案件会被作为意外事故处理，虽然没有人确定到底是意外还是蓄意谋杀。现有证据不足以证明蓄意谋杀，但足以引起怀疑。

那就意味着——意味着——

意味着什么？

意味着——如果要把所有事情联系起来的话——那么朝勒特雷尔太太开枪的不是勒特雷尔上校，而是X。

但那很显然是不可能的。我目击了全过程。开枪的就是勒特雷尔上校。没有其他人开枪。

除非——但显然那也是不可能的。不对，也许并非不可能——可能性极小，但仍然是可能的，没错……假设另有他人一直在伺机行动，就看准了勒特雷尔上校（朝一只兔子）开枪的时候，朝勒特雷尔太太开了一枪。这样一来，我们只会听到一声枪响。或者，即使这两声枪响之间有极微小的间隔，也会被认为是回声。（我现在回想起来，当时确实有一声回声。）

可是不对，这种解释还是很奇怪。技术手段可以鉴定子弹是从哪一支枪里发射出来的。子弹上的痕迹必须与枪膛里的膛线相吻合。

但我记得只有在警察急于确定子弹是从哪支枪里射出的时候才会采用这种方法。这起案件中应该不会有这样的调查。因为勒特雷尔上校会和其他人一样确定，那致命的一枪是他开的。勒特雷尔上校会“招认”自己的“罪行”，警方也不会再做过多提问就接受他的供词；根本不会有什么测试。唯一残留的疑问就是那一枪是意外还是蓄意——而这个问题永远得不到解答了。

因此这个案子与其他几个案件实属一类——佃农里格斯记不得案发当时的情况，却认为人就是自己杀的；玛姬·里奇菲尔德失去理智杀人自首——虽然真正犯罪的并不是她。

没错，这起事件跟其他几个案子一样。我明白波洛的用意了，他是等着我认清事情的本质。

第十章

1

第二天早上，我对波洛说了我的想法。他听后脸上立刻现出了光彩，赞许地晃着头。

“棒极了，黑斯廷斯。我还在想你是不是发现了这种相似性。我不想提醒你，你知道的。”

“那就是说我说对了。这是另外一起 X 参与的案件？”

“肯定是。”

“但是为什么啊，波洛？动机何在？”

波洛摇摇头。

“你不知道吗？你难道没有一点思路？”

波洛慢慢地说：“的确，我有些思路。”

“你已经在这几个案子之间建立起联系了？”

“我觉得是的。”

“那说来听听。”

我几乎要彻底失去耐心了。

“不，黑斯廷斯。”

“我得知道啊。”

“你还是不知道为好。”

“为什么？”

“你听我的，没错。”

“你真是不可救药。”我说，“你身患关节炎，坐在这儿无能为力，可你还要单干。”

“别以为我是要单干。根本不是。相反，黑斯廷斯，你一直在深度参与这件事。你就是我的眼睛和耳朵。我只是不愿意告诉你可能带来危险的信息。”

“给我带来危险？”

“给凶犯带来危险。”

“你是不想让他——”我缓缓说，“怀疑你已经盯上了他？我估计是这样。要不你就是认为我保护不了自己。”

“你至少应该明白一件事，黑斯廷斯。人只要开了杀戒之后就会有第二次，没准儿还会有第三次、第四次、第五次。”

“这我完全明白。”我闷闷不乐地说，“这次没死人。至少一颗子弹打偏了。”

“是啊，确实很幸运——可以说是不幸中的万幸。正如我对你说过的，这样的事情很难预料。”

他叹了一口气，脸上现出了忧虑的神色。

我静静地走开了。我意识到如今的波洛已经不适合这样旷日持久的追捕了，不由得悲从中来。他的头脑仍然敏锐，但他的身体已经疾病交加。

波洛警告过我不要妄自推断 X 的身份。但我坚持认为我已经知道 X 是谁了。现在住在斯泰尔斯庄园的，只有一个人在我看来是彻头彻尾的邪恶之徒。我要用一个简单的问题确认一件事。虽然这个测试恐怕不会带来什么积极的结果，却肯定有一定的价值。

早餐后，我叫住了朱迪斯。

“昨天晚上我遇见你的时候，你跟阿勒顿少校是从哪儿回来的？”

问题是，当你集中精力于一件事的某一个方面时，你往往会忽略其他所有方面。听了我的问题之后，朱迪斯立刻大发雷霆，让我措手不及。

“说真的，父亲，我不明白这跟你有什么关系。”

我直勾勾地看着她，完全惊呆了。“我……我就是问问。”

“是啊，可是为什么？为什么你要不停地问这问那？我干了什么？去了什么地方？和谁在一起？真让人受不了！”

当然，这件事情的滑稽之处在于，我并非真的想知道朱迪斯去哪儿了。我感兴趣的目标是阿勒顿。

我试图安抚她。

“说真的，朱迪斯，我不明白为什么这么一个简单的问题我都不能问。”

“我不明白你为什么想知道。”

“我其实也不是想知道你去哪儿了。我是说，我只是有点好奇为什么你们俩——呃——好像都不清楚发生了什么事情。”

“你是说那起事故吧？你要是非得知道的话我就告诉你吧，我去镇上了，去买邮票。”

我抓住她用的单人称代词继续问。

“那时候阿勒顿没跟你在一起？”

朱迪斯恼火地喘了一口气。

“对，他没有。”她用一种冷冷的愤怒语气说，“实际上，我们是在宅子附近相遇的，不到两分钟之后就碰上你了。我希望这下你可以满意了。但我只是想说，即便我花一整天时间跟阿勒顿少校到处闲逛，也不关你的事。我二十一岁，已经自食其力了，我怎么支配我的时间完全是我自己的事情。”

“当然。”我说，努力想平息她的怒火。

“我很高兴你同意我的观点。”朱迪斯看起来平静了许多。她勉强地笑了一下。“哦，亲爱的爸爸，求你别总是以严父的面孔出现。你不可能明白这有多让人崩溃。求你别这样整天嘟嘟囔囔的。”

“我不会的——我将来真的不会了。”我向她保证。

这时，富兰克林走了过来。

“嘿，朱迪斯。我们走吧。已经比平时晚了。”

他显得很不耐烦，甚至有些不礼貌。我反常地对此感到恼火。我知道富兰克林是朱迪斯的雇主，有权支配她的时间；我也知道既然富兰克林付钱给朱迪斯，就有权对她下命令。尽管如此，我还是不明白为什么他不能表现出通常的礼仪。他待人接物的方式虽然算不上八面玲珑，但他对大多数人都能表现出日常的礼节。但对于朱迪斯，他说话行事的方式一直是极度的敷衍和蛮横，近一段时间尤其如此。他对她说话时几乎从来不看她，只是大声命令。朱迪斯似乎根本不以为意，我却不能像她那样。我突然意识到，富兰克林对朱迪斯的态度与阿勒顿那过分的关注形成了鲜明的对比。毫无疑问，约翰·富兰克林比阿勒顿人品好十倍，但从吸引力方面评价，他却根本不是阿勒顿的对手。

我望着富兰克林向实验室走去，看着他那笨拙的走路姿势、瘦骨嶙峋的身材、棱角分明的面孔和脑袋、他红色的头发还有那一脸雀斑。一个丑陋而笨拙的男人。表面上几乎看不到任何优点。当然，他有聪明的头脑，但女人很少会仅仅因为头脑的敏锐而爱上某个男人。我遗憾地意识到，朱迪斯由于工作环境的关系几乎从未接触过其他男人。她没有机会去追求那些有魅力的男人。与生硬而毫无魅力的富兰克林相比，华而不实的阿勒顿显得格外有吸引力。我可怜的女儿怎么能看清他的真面目呢？

要是她真的爱上他了怎么办呢？她刚才显示出的易怒情绪令我不安。我知道阿勒顿不是什么好人。他可能比我想象得还要坏。如果阿勒顿就是 X——

这也是有可能的。枪响的时候他并没有跟朱迪斯在一起。

但这些看似毫无目的的犯罪背后真实的动机到底是什么？我认为阿勒顿并不是一个疯子。他是理智的——百分之百理智的——虽然完全没有底线。

朱迪斯，我的朱迪斯——跟他接触得太多了。

2

到了这个时候，虽然我有些担心我的女儿，但我对 X 的关注，以及罪行随时都有可能再度发生的事实，帮助我成功地把自己的事暂时抛在脑后。

凶犯已经出手，万幸没有任何人死亡，我终于可以好好思考一下这一系列事。我越想就越觉得焦虑。有一天，我偶然得知阿勒顿竟然是有妇之夫。

熟知所有人的博伊德 · 卡灵顿向我提供了进一步的信息。阿勒顿的妻子是个忠实的罗马天主教徒。他们结婚之后不久她就离开了他。因为她宗教信仰的关系，他们根本没有离婚的可能。

“要我说，”博伊德 · 卡灵顿坦诚地说，“这对于那个人渣简直太方便了。虽然他总是不怀好意，但已婚这个背景却让人看起来十分可靠。”

对于我这样一个父亲来说，这实在是令人安心的消息！

枪击事故发生后的日子，表面上十分平静，我内心的不安却与日俱增。

勒特雷尔上尉大多数时候都在妻子的病房里陪伴。来了一个护士照顾病人，克雷文护士因此得以继续照顾富兰克林太太。

虽然我毫无恶意，但我必须要说，我发现富兰克林太太似乎对自己不再是“首席”病人这一事实十分不满。对于已经习惯了人们将自己的健康作为每天主要话题的富兰克林太太来说，众人对勒特雷尔太太的关照显然令她十分不快。

她躺在摇椅上，双手垂在身侧，抱怨自己感到心悸。没有一样食物合她的胃口，而她每索取一样东西都表现得好像做了很大的让步。

“我不想抱怨，”她哀怨地对波洛说，“我为自己糟糕的身体而惭愧。总是要让别人伺候我，真是太难堪了。我有时觉得身体不好真是一种罪过。如果一个身患疾病的人还要点脸面，就应该明白自己不适合活在这个世界上，应该静静地走开。”

“啊，不要这样说，夫人。”波洛还是一如既往地殷勤，“娇嫩的异国花朵需要温室的照顾——它无法抵御寒风。只有野草才会在寒冷的空气中旺盛地生长，但野草不能因此而得到人们的喜爱。您看我——身患重病，活动受限，但我——从来没有想过要放弃生命。我热爱我现在的生活——食物、饮料以及智力上的乐趣。”

富兰克林太太叹了一口气，喃喃道：“啊，但您不一样。您只需要考虑您自己就可以了。我还要考虑可怜的约翰。我能强烈地感觉到自己给他添了多大的麻烦。一个身患疾病、毫无用处的妻子，简直就像拴在他脖子上的一块磨石。”

“我可以肯定地说，他从来没有那样说过您。”

“哦，不是他那样说过。他当然不会那样说。但可怜的男人啊，他们是藏不住心事的。而且约翰并不擅长隐藏自己的感情。他当然没有任何恶意，但他——嗯，这对于他来说也许反倒是一件好事，他是那种不太敏感的人。他没有感情，并且因此希望其他人也跟他一样。能像他那样生来就厚脸皮真是太幸运了。”

“我觉得用‘厚脸皮’这个词形容富兰克林医生是不合适的。”

“是吗？哦，您毕竟没有我了解他。当然我知道，如果不是有我的话，他会过得更加自由。有时我简直压抑极了，恨不得了结这一切。”

“哦，别这样，夫人。”

“毕竟我对别人有什么用呢？摆脱尘世，归于虚无……”她摇摇头，“那样约翰就可以自由自在了。”

“胡说八道，”克雷文护士听了我向她转述上述对话时是这样评价的，“她才不会干那种事呢。别担心，黑斯廷斯上尉。别听她好像要去死似的说什么‘了结这一切’，其实她根本没有那样的意思。”

我必须说，当勒特雷尔太太受伤引起的兴奋消散，克雷文护士也重新回到她身边之后，富兰克林太太的精神确实好了很多。

在一个天气晴好的早晨，科蒂斯带波洛下楼，来到实验室附近的山毛榉树下。这是他最喜欢的地方。树林遮住了东边吹来的风，实际上在这个地方感觉不到一丝凉风。对于厌恶大风和新鲜空气的波洛来说，这里再合适不过了。其实我觉得他更喜欢待在室内，只有在裹得严严实实的时候才能忍受室外的空气。我去找他，刚到地方就看到富兰克林太太从实验室里出来。

她穿着十分得体，看起来神采奕奕。她说她要陪博伊德·卡灵顿去看房，并对花布的选择提出建议。

“昨天我跟约翰说话的时候把手包落在实验室里了。”她解释说，“可怜的约翰，他和朱迪斯开车去泰德卡斯特了——好像是去买什么化学试剂。”

她坐在波洛身边的座位上，表情滑稽地摇着头。“可怜的人们啊——我真庆幸自己没有科学家的头脑。在这样一个好日子里跑去买化学制剂，真是太愚蠢了。”

“你这话可千万别让科学家们听见，夫人。”

“当然不会。”她的脸色变得严肃起来，转而静静地说，“波洛先生，您可不要以为我并不尊敬自己的丈夫。我很敬重他的。我认为他献身于事业的精神是——很伟大的。”

她说这话时声音颤了一下。

我脑海中闪过一丝怀疑：富兰克林太太似乎喜欢同时扮演不同的角色。在这一刻她又成为忠诚而崇拜英雄的妻子了。

她向前探身，诚挚地把手放在波洛的膝盖上。“约翰，”她说，“简直是个圣人。有时他让我感到非常害怕。”

在我看来，用“圣人”这样的词形容富兰克林是言过其实，但芭芭拉·富兰克林眼睛泛着泪光继续说道。

“为了增进人类的知识，他会做任何事——冒任何风险。这不是很伟大吗？”

“当然，当然。”波洛连忙说。

“但有时候，您知道，”富兰克林太太接着说，“我是有些害怕他的。我是说他愿意付出的努力。就拿他现在正做的那个可怕的豆子实验来说吧，我担心他会在自己身上试验。”

“他当然会谨慎行事的。”我说。

她摇摇头，脸上现出一丝苦涩的微笑。“你不了解约翰。你听说过他有一次做气体实验的事吗？”

我摇摇头。

“他们当时想研究一种新发现的气体。约翰自告奋勇参加实验。他们把他关在一个罐子里长达二十六小时，然后测量他的脉搏、体温和呼吸，以证明这种气体有何效果、对人和对动物的效果是否相同。后来一位教授告诉我，那个实验风险非常高。他很可能干脆就死在里面了。但约翰就是那样的人——完全不顾自己的安危。难道这样的人不伟大吗？我可永远也做不到他那样勇敢。”

“的确，要冷血地做这些事，”波洛说，“需要极大的勇气。”

芭芭拉·富兰克林说：“是啊，没错。我为他感到骄傲，但同时也为他担心。因为您知道，实验过了某个阶段之后，就不能还用豚鼠和青蛙了。必须获得人体反应的数据才行。所以我才担心约翰会在自己身上试验这种恶心的神判豆，造成什么不好的结果。”她叹了一口气，摇了摇头，“但我每次表达我的担忧，他都笑话我胆子小。他真的是个圣人。”

这时博伊德·卡灵顿走了过来。

“嘿，芭布丝，准备好了吗？”

“准备好了，比尔，正等你呢。”

“我希望这一趟不会让你太辛苦。”

“当然不会。我今天感觉比哪天都好。”

她站起身，甜美地对我们俩笑笑，然后陪着身材高大的卡灵顿走过草坪。

“富兰克林医生，当代圣贤——呵呵。”波洛说。

“她的态度变化真是大，”我说，“不过这位夫人本来就是这样吧。”

“哪样？”

“喜欢扮演不同角色。一会儿是受人误解、受人忽视的妻子，一会儿是自我牺牲、不愿拖累所爱之人的痛苦女性。今天她又成了崇拜英雄的贤内助。问题是所有这些角色都有些过火。”

波洛若有所思地说：“你是不是觉得富兰克林太太有些傻？”

“唔，我也不是这个意思——只是她的头脑也许真的不是很灵光。”

“啊，她不是你喜欢的类型。”

“那你说我喜欢的类型是什么样的？”我反问道。

波洛的回答出乎我的意料：“张开嘴，闭上眼，看看仙女会给你送来什么——”

我没来得及回答，就看见克雷文护士匆匆穿过草坪向我们走过来。她向我们露齿一笑，开门进了实验室，然后拿着一双手套从里面出来。

她快步跑向芭芭拉·富兰克林和博伊德·卡灵顿等着的地方，边说着：“先是手包，然后又是手套，总是会落下什么东西。”

在我看来，富兰克林太太是那种极不负责任的女人。这种人永远会落东西，她们的东西甩得到处都是，并且认为别人给她们捡东西是理所当然的。我甚至觉得她以此为荣。我不止一次听她不无骄傲地嘟囔说："当然，我的脑子就像漏勺一样。"

我坐在那儿看着克雷文护士穿过草坪，直到看不见她的身影。她跑得很快，她的身躯很有活力，并且平衡感极佳。我不假思索地说："我觉得这样的女孩子肯定受够了那种生活。我是说，几乎没有什么专业护士的工作——大多数时候只是拿东西、提东西。而且我不觉得富兰克林太太有多么体贴或者善良。"

波洛的回答特别令人恼火。不知什么原因，他闭上眼睛轻声说着："红褐色的头发。"

克雷文护士的确长着红褐色的头发，但我不明白为什么波洛偏要选在这一刻提这件事。

我没有应声。

第十一章

第二天早晨午餐前的一段谈话让我有些许不安。

当时在场的有四个人——朱迪斯、我、博伊德·卡灵顿和诺顿。

我们当时正在讨论安乐死——有人赞成，也有人反对——不过我不记得这个话题是怎么提起来的了。

博伊德·卡灵顿自然是主要发言者，诺顿时不时插句话，朱迪斯一言不发，不过一直认真听着。

我表示虽然表面上安乐死应该获得支持，但实际从感情出发我还是有所抵触。我还提出，安乐死会赋予当事人亲属过大的权力。

诺顿同意我的说法。他说只有在长期患病无法治愈，患者本人愿意并同意的情况下才能使用安乐死。

博伊德·卡灵顿说："啊，但是这样就很奇怪。当事人真的会像我们说的那样愿意'了结自己的痛苦'吗？"

然后他讲了一件他说是真事的故事。男主角身患癌症无法手术，整日生活在极度的痛苦之中。他祈求大夫帮助他“结束这一切”。医生回答说：“我不能那样做，伙计。”医生离开之前留了一些吗啡药片，并小心告诉患者什么样的剂量是安全的、什么剂量会有生命危险。虽然患者可以轻松地拿到这些药片，并按照致命剂量服用，但是他并没有那么做。“这样足以证明，”博伊德·卡灵顿说，“无论一个人嘴上说什么，终归是好死不如赖活着。”

这时朱迪斯第一次开口发言。她的语气充满活力，也很突然。“他当然会那样做，”她说，“这件事根本就不应该由他本人来决定。”

博伊德·卡灵顿问她是什么意思。

“我是说，任何因疾病而虚弱的人都没有做出决定的力量——他们根本不能做任何决定。必须由别人替他们决定。爱他们的人有责任为他们决定。”

“责任？”我突然问道。

朱迪斯转向我。“是的，责任。那些头脑清醒、可以负责的人。”

博伊德·卡灵顿摇摇头。“做完决定之后就以谋杀罪被关进监狱了？”

“不一定。不管怎么说，如果你爱一个人，就应该冒这个险。”

“可是你看啊，朱迪斯，”诺顿说，“你提议的是一种十分可怕的责任。”

“我不这么认为。人们只是太害怕负责了。如果是宠物狗遇上这样的情况，人们可以承担责任，为什么换成人就不行了呢？”

“呃——这两者很不一样吧？”

朱迪斯说：“是很不一样，人的生命更重要。”

诺顿低声说道：“你这话真让我不寒而栗。”

博伊德·卡灵顿好奇地问道：“这么说来，你会冒这样的风险，是不是？”

“我觉得我会。我不害怕冒险。”

博伊德·卡灵顿摇摇头。“那样做没用的，你知道。你不能让所有人都将法律攥在自己手里，决定别人的生死。”

诺顿说：“其实，博伊德·卡灵顿，大多数人是没有胆量冒这个险的。”他微笑着看着朱迪斯，“我可不信你遇上这样的事时真的会像你说的那样做。”

朱迪斯从容自若地说：“当然，这种事谁也说不准。我觉得我应该那样做。”

诺顿轻轻挤了一下眼睛，说：“如果是无利可图的事，恐怕你也不会那么坚决吧。”

朱迪斯的脸一下子就红了。她严肃地说：“那只能说明你根本不明白我的意思。如果我有——如果我有任何私人的考虑，我根本就不会那样做的。你们不明白吗？”她对着我们所有人说，“这件事必须完全排除个人的考虑。你必须十分清楚自己要做什么——只有这样你才能承担起了结一条生命的责任。必须做到完全的无私。”

“不论怎么说，”诺顿说，“你肯定不会那样做的。”

朱迪斯坚持说：“我肯定会的。首先我并不像你们那样认为生命是神圣不可侵犯的。不健康的生命、没有用的生命——都没有存在的意义。这个世界上废物太多了。只有那些能给社区做出积极贡献的人才有生存的权利。而余下的人，我们应该让他们毫无痛苦地离开。”

她突然转向了博伊德·卡灵顿。

“你同意我的说法，对吧？”

他慢条斯理地说：“原则上是的。只有那些有价值的人才配得起生存。”

“如果有必要的话，你也会把法律抓在自己手里吧？”

博伊德·卡灵顿慢慢地说：“也许吧。我也说不清楚……”

诺顿轻声说：“很多人都会同意你的这套理论。但真正做起来就是另外一回事了。”

“这不合逻辑。”

诺顿不耐烦地说：“当然。这其实是个勇气的问题。说白了就是没有这个胆子。”

朱迪斯沉默了。诺顿接着说。

“老实讲，朱迪斯，你自己也是一样。真轮到你头上，你也不会有那份勇气的。”

“你真的这样认为？”

“我敢肯定。”

“你说错了，诺顿，”博伊德 · 卡灵顿说，“我觉得朱迪斯胆子很大。好在她还没有遇到这样的问题。”

这时锣声响起。

朱迪斯站起身。

她清清楚楚地对诺顿说：“你错了。我的胆子比你想象中大得多。”

她快步走向屋子。博伊德 · 卡灵顿跟在她后面，一边说：“嘿，等等我啊，朱迪斯。”

我跟着他们，不知怎么觉得很不舒服。一向善于察言观色的诺顿赶忙过来安慰我。

“她其实不是那个意思，你知道的。”他说，“年轻人一般都会有这种不成熟的想法，只要不付诸实践就好。她就是说说。”

朱迪斯似乎听见了他的这番话，因为我看到她转头愤怒地瞥了我们一眼。

诺顿压低声音接着说：“纯粹的理论不值得担心，”他说，“不过你看啊，黑斯廷斯——”

“什么？”

诺顿似乎很为难。他说：“我不想插手这件事，不过你了解阿勒顿这个人吗？”

“阿勒顿？”

“是的。对不起，我可能有些多管闲事了，不过坦白地说，如果我是你的话，我不会让那姑娘这样频繁地跟他见面的。他——怎么说呢，名声不太好。”

“我也知道他不是什么好人。”我痛苦地说，“但姑娘这么大了，不好管了啊。”

“哦，我明白。常言道，女大不由爹。大多数女孩也确实是可以照顾好自己的。但是——呃——阿勒顿在这方面的能力很特别。”他犹豫了一下，然后说，“我觉得我应该告诉你。你别跟别人说——不过我确实对他了解比较多。”

他就在那儿一五一十地跟我说了——后来事实证明他的话都是真的。这是一个让人不安的故事，主人公是一个自信、现代、独立的女孩。阿勒顿对这个女孩施展了他的全部解数。后来，这个故事还是以悲剧告终——绝望的女孩服用了过量的巴比妥，结束了自己的生命。

最令我害怕的是，故事里的女孩和朱迪斯是同一类人——独立、趣味高雅。这种女孩一旦受到伤害，她们的绝望比那些轻浮的傻丫头要严重不知多少倍。

我带着一种不祥的预感开始了午餐。

第十二章

1

“你在担心什么，我的朋友？”波洛那天下午问我。

我摇了摇头，没有作声。我感觉不应该让我的私事给他添麻烦，何况他也帮不上什么忙。

即便我对朱迪斯表达我的担忧，她也只会像年轻人面对老年人无聊说教时那样一笑了之。

朱迪斯，我的朱迪斯……

很难描述我那天的感受。事后想来，我觉得自己当天的情绪可能与斯泰尔斯庄园有关。在那里，人总会不由自主地联想到不好的事。那里不仅有不堪回首的过去，还有邪恶的现实。整座屋子被谋杀和凶手的阴影笼罩。

我坚信凶手就是阿勒顿，而朱迪斯正在爱上他！这令人难以置信——简直令人发指——我不知该如何是好。

午餐后，博伊德 · 卡灵顿来到我身边。他没有一上来就进入正题，而是先扯了些别的事。最后他才笨拙地说：

“我并没有干涉你家事的意思，不过我认为你应该跟你女儿谈谈。警告她一下，好吗？你知道这个阿勒顿——名声很差，而她——唉，真让人发愁。”

这些没孩子的男人说话真轻巧！他们觉得我该怎么办？警告她一下？

我说的话会有用吗？会不会适得其反呢？

要是辛迪丝还在就好了。换作她，肯定知道该做什么，该说什么。

我承认我一度很想让自己平静下来，不再提起这件事。但我想了想，觉得那样只能说明我太懦弱了。我明知跟朱迪斯谈这件事会引起不快，于是退缩了。换句话说，我害怕我高挑、漂亮的女儿。

我在花园里来回踱步，脑子越来越乱。我最后来到玫瑰园，终于再难抑制自己的感情，因为我在这里遇到了闷闷独坐的朱迪斯，她满面愁容，我一生中从未在其他女人脸上见过那样的表情。

她卸去了伪装。犹疑和苦闷此时在她脸上显露无遗。

我鼓足勇气，向她走去。我走到她身边时，她才回过神来。

“朱迪斯，”我说，“上帝啊，朱迪斯，别想得太多。”

她吃惊地转向我。“父亲？我没听到你的声音。”

我明白，绝不能让她把我带回我们日常对话的节奏，于是接着说下去。

“唉，我亲爱的孩子，你别以为我不知道，或者我看不见。他不值得你这样——唉，相信我，为了他不值得。”

她看着我，脸上写满了惊恐和焦虑。她静静地说：“你真的清楚自己在说什么吗？”

“我当然知道。你在乎这个男人。但是，我的宝贝，这样对你没好处。”

她忧郁地一笑。那笑容真令人心碎。

“也许你说的这些我也明白。”

“你不明白。你没法明白。唉，朱迪斯，你这样下去最后能得到什么结果呢？他是有家室的男人，你和他不可能有未来的——和他在一起只能给你带来悲伤和耻辱——最后只能让你自怨自艾。”

她的笑容更大了——也显得更加悲伤。

“你说得多轻巧啊！”

“放弃吧，朱迪斯——放弃吧。”

“不可能！”

“他不值得你为他这样，我亲爱的孩子。”

她轻声地慢慢说道：“他对于我来说就是一切。”

“不，不要。朱迪斯，我求求你——”

笑容消失不见了。她将满腔怒火都倾泻在我的身上。

“你怎么能这样对我？你为什么要干预我的生活？我受不了这个。你再也不要跟我提起这件事了。我恨你，我恨你。这根本就不关你的事。这是我的生活——我有我的隐私。”

她站起身，一把把我推到一边，径直走开了。她满腔的怒火还未消散。我呆呆地望着她远去的背影，心里无比失望。

2

我在原地无助地呆立了大约十五分钟，不知道下一步该如何是好。

这时伊丽莎白·科尔和诺顿发现了我。

虽然我当时没有立即意识到，但他们对我真的很好。他们一定是看出了我深深的忧虑，但很有分寸地没有过多谈论我的精神状态，而是带我一起散步。他们两个人都热爱自然。伊丽莎白·科尔带着我看野花，诺顿则让我透过他的望远镜看鸟。

他们的话语轻柔舒缓，而且谈的只有飞鸟和野花。我慢慢地恢复了正常，虽然内心里还是极度不安。

而且就像别人一样，这时的我喜欢把身边发生的所有事都跟我面临的困境联系在一起。

所以，当诺顿举着望远镜说“看啊，那不是褐斑啄木鸟吗？我从来——”，然后又突然停住的时候，我立刻就起了疑心。我伸手向诺顿要望远镜。

“让我看看。”我的语气显得专横无礼。

诺顿抓着望远镜手足无措。他用奇怪的迟疑语气说：“我……我……看错了。它飞走了——至少，实际上，那只是一只普通的鸟。”

他的脸色发白，现出焦虑之色，眼睛也左顾右盼。他看起来有些疑惑，又紧张。

我当时便断定他在望远镜里看到的一定是他不愿意让我看到的东西。即便现在我也还是认为自己这样想没错。

不管他看到了什么，那都让他大为吃惊，这一点我们俩都知道得一清二楚。

他的望远镜当时对准的是远处一片树林。他究竟在那儿看到了什么？

我生硬地说：“让我看看。”

我伸手去摘他的望远镜。我现在还记得他当时试图阻止我，只不过他的动作很笨拙。我一把就把望远镜夺了过来。

诺顿无力地说：“真的不是——我是说，鸟儿已经飞了。我希望——”

我双手微颤，把望远镜举到眼前。这副望远镜视野很好。我尽量将望远镜对准诺顿刚才所看的那个区域。

可是我什么也没看见——只看到一道白光（哪个女孩的裙子？）一闪而过，消失在树林里。

我放下望远镜，什么也没说，把它还给诺顿。他没有看我的眼睛，脸上写满了不安。

我们一起走回屋子，诺顿一直一言未发。

3

我们回到别墅不久，富兰克林太太和博伊德·卡灵顿也回来了。富兰克林太太想购物，卡灵顿就驱车带她去了泰德卡斯特。

我能看得出她此行收获颇丰。从车里提出来的东西大包小包，她看起来也容光焕发，不仅说笑个不停，而且面色也红润了不少。

她让博伊德·卡灵顿把一件易碎的物品送上楼，又给我派了一项任务。

她今天的语速比平时快，显得稍有些紧张。

“天气太热了，对吧？我估计是要下大暴雨了。这种天气持续不了多久。他们说，这一带缺水很严重。今年的干旱是近几年最严重的。”

她接着对伊丽莎白·科尔说：“你们在这儿干吗呢？约翰去哪儿了？他之前说头疼，想出去走走。他很少头疼的。我想他可能是为实验的事犯愁。恐怕是出了什么岔子。我真希望他能多跟我聊聊他的心事。”

她停了一下，然后转向诺顿。“你今天话很少啊，诺顿先生。发生什么事了吗？你看起来——你看起来有点儿害怕。你是不是看见了某位老妇人的鬼魂啊？”

诺顿开口说道：“不，没有。我没有见到什么鬼魂。我……我只是在想事情。”

这时，科蒂斯推着坐在轮椅上的波洛，穿过门廊走了进来。

科蒂斯把轮椅推到门口停下了，大概是要说服他的主人放弃跟我们聊天的想法，然后把他背上楼。

波洛的眼神突然警觉起来，审视了我们每个人一番。

他严肃地说："怎么了？发生什么事了吗？"

半晌没有人答话。过了大概一分钟，芭芭拉·富兰克林才轻轻地假笑一声，说："没有，当然没有。会发生什么事呢？只是——大概是要打雷了？我——哦，天啊——我累极了。黑斯廷斯上校，能不能帮我把这些东西拿上楼？非常感谢你。"

我跟着她走上楼梯，沿着东配楼朝她的房间走去。她的房间在另外一侧的尽头。

富兰克林太太打开门。我跟在她身后，手里抱着一堆包裹。

她突然在过道里停住了。窗边，克雷文护士正拿着博伊德·卡灵顿的手端详。

他抬起头见我们走进来了，略显羞怯地一笑。"你们好啊，她给我看手相呢。护士小姐可是位手相大师啊。"

"真的吗？我可不知道。"芭芭拉·富兰克林的声音变得尖利起来。我知道她对克雷文护士不满。"把这些东西收拾一下吧，护士小姐，可以吗？然后再帮我调一杯甜酒加蛋。我感觉很累。再给我准备一个热水瓶，我一会儿就上床了。”

“好的，富兰克林太太。”

克雷文护士立刻行动起来。除了出于职业的关怀，她没有表现出任何情绪。

富兰克林太太说：“请回吧，比尔，我累坏了。”

博伊德·卡灵顿看起来很关心她。“哦，我说，芭布丝，这一趟是不是对于你来说太辛苦了？真抱歉。我真是傻到无可救药了，不应该让你这样疲劳的。”

富兰克林太太面带殉难者的微笑看着他。“我不想抱怨什么。我不想让别人觉得我很烦。”

我们两个男人惴惴不安地走出了房间，留下两位女士在屋里。

博伊德·卡灵顿悔恨地说：“我真是该死的蠢货。芭芭拉看上去精力十足，而且很开心，我就忘了不能让她太累的事情了。但愿她今天不会累病。”

我机械地说：“哦，她歇息一晚就没事了吧。”

他走下楼梯。我犹豫了一下，然后朝另外一侧配楼走去，我和波洛的房间都在那里。我的老朋友应该是在等着我呢。这是我第一次不太愿意见到他。我有太多心事了，心里还是觉得难受不已。

我沿着楼道慢慢走着。

我听到有声音从阿勒顿的房间里传出来。我不是故意要偷听，但还是不由自主地在他的房门外停留了一会儿。

突然，房门开了，我的女儿朱迪斯从里面走了出来。

她一见我就愣住了。我抓住她的胳膊把她拽到我的屋里。我的满腔怒火突然爆发了。

“你去那家伙的房间里是什么意思？”

她平静地看着我。这时的她倒是没有表现出一丝愤怒，而是完全的冷漠。过了好几秒钟她都没说话。

我摇着她的胳膊。“我不会允许的，我告诉你。你不知道自己在做什么。”

她这才用一种低沉的、令人难过的声音说：“我觉得是你的思想太肮脏了。”

我说：“或许是吧。你们这代人就是喜欢用这种话指责我们这代人。我们至少是有底线的。你要明白这一点，朱迪斯，我绝对不允许你跟那个人再有任何往来。”

她平静地看着我。然后她轻声地说：“我明白了。那就这样吧。”

“你不承认你在跟他谈恋爱，是吧？”

“不是。”

“可是你不知道他是什么样的人。你不可能知道。”

我故意把我听到的关于阿勒顿的故事原话告诉了她。

“你明白了吧，”我接着说，“他就是那样的人渣。”

她看起来很恼火，嘴唇讽刺地向上翘着。

“我从来也没把他当成一个圣人，我可以向你保证。”

“你难道就没有一点触动吗？朱迪斯，你不可能这么堕落啊。”

“随你怎么说吧。”

“朱迪斯，你没有——你不是——”

我不知道该如何表达我的意思。她甩开了我的手。

“听着，父亲。我做我自己想做的事情。你不能这样对我说三道四。我要按照我喜欢的方式生活，你不能阻止我。”

说完一转眼她就走了。

我发现自己的膝盖在颤抖。

我瘫坐在椅子上。情况比我想象得糟——糟得多。这孩子完全失去理智了。我没有任何人可以求救。她的母亲，这世上唯一她或许会听从的人，已经去世了。只有靠我自己了。

那是我人生中一段空前绝后的痛苦经历……

4

过了一会儿，我终于缓过神来。我洗了把脸，刮了胡子，换了衣服，然后下楼吃晚餐。我觉得自己表现得跟平常一样。似乎没有人发现我有什么异样。

有一两次，我看到朱迪斯好奇地朝我这边瞥了一眼。我估计她一定是为我的淡定表现而困惑。

但内心里，我渐渐拿定了主意。

现在我只需要勇气——勇气和头脑。

晚餐后我们来到户外，望着天空。大家都说气压很低，估计是要下雨了——应该会电闪雷鸣——一场暴风雨。

我用眼角的余光看到朱迪斯消失在宅子的转角。阿勒顿也朝那个方向走去。

我结束了跟博伊德·卡灵顿的对话，也朝那个方向走过去。

诺顿似乎想要拦住我。他拉住我的胳膊。我想他是想让我跟他去玫瑰园。我没理会。

我转过宅子的转角，他仍然跟在我身边。

他们就在那儿。我看到朱迪斯仰着脸，阿勒顿则俯身对着她，我看到阿勒顿将朱迪斯抱在怀里，看到他们两个接吻。

之后他们很快就分开了。我向前迈了一步。诺顿猛地一把把我拉了回来。他说："听我说，你不能——"

我打断了他，坚决地说："我能。而且我一定会。"

"这么做没有好处的，我亲爱的朋友。这当然很让人沮丧，但问题是你什么也做不了。"

我沉默了。他或许认为我就这样被他说服了，但我心里明白我想要做什么。

诺顿接着说："我知道你现在感觉有多么的无力和崩溃，但你唯一能做的就是认输。接受现实吧，伙计！"

我没有反驳他，而是静静地等着，让他把话说完。然后我再次坚决地转过宅子的角落。

这时朱迪斯和阿勒顿都已经消失不见了，但我猜测到了他们可能在哪儿。离此不远，丁香树丛里藏着一座凉亭。

我朝着凉亭的方向走去。诺顿似乎仍然跟着我，但我并不确定。

我走到凉亭近前的时候听到里面有声音传出来，便停住了脚步。我听到的是阿勒顿的声音。

"唔，那这样一来，我亲爱的姑娘，这事就这样定了。别再提什么反对意见了。你明天去镇上。我就说我要去伊普斯维奇找朋友，顺便在那儿住一两天。我从伦敦发电报说回不来了。这样一来还有谁知道咱俩要在我的公寓共进晚餐呢？你不会后悔的，我向你保证。"

我感觉诺顿拉着我，便突然轻轻一转身，看到他那满脸担忧的神色，我差点笑出来。我没有挣扎，让他拉着我回到房子里。我之所以假装放弃，是因为在那一刻，我已经清清楚楚地知道要做什么了……

我跟他说得很明白："别担心，老伙计。我做什么都于事无补——我现在明白了。我不可能永远控制着孩子们过什么样的生活。我没事了。"

他听了我的话，如释重负。

过了一会儿，我告诉他我要早点上床休息。我说我有些头疼。

他根本想不到我接下来要做什么。

5

我在走廊里停留了片刻。四下寂静无声，附近也没有一个人，大家都准备好上床睡觉了。诺顿的房间也在这一侧，不过他还在楼下没上来。伊丽莎白·科尔还在打桥牌。我知道科蒂斯这会儿应该还在楼下吃晚餐。这里只有我自己。

我暗自得意没有白跟波洛合作这么多年。我知道应该怎样小心行事。

阿勒顿明天是不能去伦敦跟朱迪斯见面了。

阿勒顿明天哪儿也去不了。

整件事其实非常简单。

我回到房间取了阿司匹林，然后进入阿勒顿的房间，直奔洗手间。上次的安眠药片就放在柜橱里。我估计八片就可以达到我的目的。建议用量是一片到两片。所以，八片应该足够了。阿勒顿曾说过毒性剂量很低。我研究了药瓶上的标签，上面写着："超过处方剂量服用会有危险。"

我暗自一笑。

我在手上缠了一块丝绸手绢，小心翼翼地打开药瓶。瓶子上不能留下一个指纹。

我把药片倒出来。没错，安眠药片跟阿司匹林差不多大小。我在瓶里放了八片阿司匹林，然后用安眠药片把瓶子重新灌满，剩下八片安眠药。药片现在看上去和以前一样，阿勒顿根本看不出任何区别的。

我回到自己的房间。房间里放着一瓶威士忌——斯泰尔斯大多数房间里都有一瓶威士忌。我找出两个杯子和一根虹吸管。在我的记忆中，阿勒顿对别人给的酒从来都是来者不拒。他一回来我就会请他喝一杯。

我倒了一点酒，稍做了一下试验。药片在酒里溶解得很快。我认真地品尝着溶剂。稍有一丝苦涩，但很难察觉。我有自己的计划。我要在阿勒顿上楼的时候装作正在给自己倒酒。我会把手里的这杯酒递给他，然后自己再倒一杯。一切都十分简单，而且自然之极。

他应该不知道我在想什么——除非朱迪斯已经跟他说过了。我想了片刻，最后还是断定我的计划万无一失。这种事朱迪斯从来不和任何人说的。

他或许认为我对他们的计划根本毫无疑心。

除了等待，我现在什么也做不了。到阿勒顿回来上床或许还有很长时间，也许是一两个小时。他一向回来得很晚。

我坐在那里静静地等待着。

突然传来的敲门声让我一惊。原来是科蒂斯。波洛让我过去一趟。

我听了这话吓了一跳。波洛！我这一整晚都没有想到他。他一定是担心我是不是发生了什么事情。这让我也觉得有些不安。一方面我为自己今晚没有去探望他感到羞愧，另一方面我不想让他发现有什么不对劲的事情发生。

我跟着科蒂斯穿过走廊。

“哎呀！”波洛叫道，“你是不是抛弃我了？”

我勉强挤出一个哈欠，然后抱歉地笑了笑。“真抱歉啊，老伙计，”我说，“不过实话实说，我头疼得厉害，几乎睁不开眼睛。大概是要打雷的关系吧。这种天气搞得我头昏脑涨——甚至完全忘记了要来跟你说晚安。”

正如我希望的那样，波洛马上开始关心起我来。他开始给我出主意，抱怨说这是我在大风天里坐在室外着凉的关系。（当时可是最炎热的夏日啊！）我谎称自己已经服用了阿司匹林，拒绝了波洛的药方，可是我没法拒绝一杯甜腻的巧克力！

“巧克力对神经有好处，不信你试试。”波洛解释说。

为了避免进一步的争论，我索性喝了下去。然后我赶紧向他道了晚安，耳边回荡着他关切和贴心的感叹。

我回到自己的房间，随手关上了房门。然后我又小心翼翼地把房门打开一个小缝。这样要是阿勒顿来了我马上就能听见。不过估计还要等一段时间才行。

我坐在那里等着。我想起了已经故去的妻子。我轻声地说了一句：“你会理解我的，亲爱的，我要拯救她。”

她把朱迪斯留给我照看，我不能让她失望。

在这一片静谧中，我突然感觉辛迪丝似乎离我仅有咫尺之遥。

我甚至感觉她就在房间里。

但我仍然阴郁地坐在那里，等待着。

第十三章

1

要冷静地记录下一件令人扫兴的事情是多少有些让人感到伤自尊的。

因为事实是，我坐在那儿等阿勒顿，等着等着竟然睡着了！

不过这样的结果，也算是我意料之中。毕竟我前一天晚上就没怎么睡好，白天又在外面待了一天。我一面忧心忡忡，一面又为我决定要做的事情感到紧张，难免精疲力竭。再加上当时的雷雨天气。也许我的全神贯注也是导致我睡过去的因素之一。

不管因为什么，事情就这样发生了。我坐在椅子里睡着了，当我醒来的时候，鸟儿在窗外鸣叫，太阳已经升起，我发现自己穿着睡衣，很不舒服地挤在椅子里，嘴里一股异味，头痛欲裂。

我觉得迷糊、困惑、恶心，最终则感到无限的欣慰。

“即便是阴暗无光，只要活下去，就终将迎来天明。”这句话是谁写的？真是至理名言。我现在明白过来了，我看清了之前自己的想法是多么过激，大错特错。我小题大做，失去了分寸。我竟然下定决心要杀掉另一个活生生的人。

这时我看到了面前放着的那杯威士忌。我打了一个激灵，赶紧站起身拉开窗帘，把酒倒出窗外。我昨天晚上一定是发疯了！

我刮了胡子，洗了个澡，穿好衣服。我感觉好多了，于是穿过楼道去找波洛。我知道他总是起得很早。我坐下来，把所有的事都倾诉给他。

说完我感到十分欣慰。

他轻轻对我摇摇头。“啊，你昨天胡思乱想了些什么啊，真是愚蠢至极。我很高兴你能对我忏悔你的罪责。可是，我亲爱的朋友，为什么你昨天晚上不过来把你的想法告诉我呢？”

我满面羞愧。“我想我是害怕你会阻止我。”

“我当然会阻止你。一定会的。你认为我会愿意看到你因为那个无耻的流氓阿勒顿少校而被送上绞刑架吗？”

“他们抓不住我，”我说，“我会谨慎行事的。”

“所有杀人凶手都这样想。你的思维方式真是跟那些人一样！但是听我说，我的朋友，你其实没有你自认为的那么聪明。”

“我行事很小心的。我把瓶子上的指纹都擦掉了。”

“正是如此。你把阿勒顿少校的指纹也擦掉了。如果有人发现他死了，那么会发生什么呢？警方通过尸检发现他死于过量服用安眠药。他是意外服下的还是故意的呢？一检查发现，药瓶上没有他的指纹。但是为什么没有呢？无论是意外还是自杀，他都没有理由抹去指纹。警方分析了剩余的药片之后，就会发现药瓶里有一半的药片都被换成了阿司匹林。

“嗯，但是阿司匹林谁都有啊。”我无力地低声说着。

“没错，但并不是谁的女儿都是阿勒顿不怀好意追求的目标——用一个老派点儿的说法。而且你前一天还因为这件事跟你女儿吵过一架。博伊德·卡灵顿和诺顿两个人可以证明你对那个男人的强烈反感情绪。黑斯廷斯啊，真到那时候你就不好办了。所有的注意力马上都会转移到你身上，而到了那个时候，你十有八九会满心恐惧——或者是悔意——合格的警探很快就会确定你就是那个凶犯。甚至有可能会有人看见你摆弄那些药片。”

“不可能。当时附近没有人。”

“窗外有阳台。或许有人在阳台上向屋里看。或者，谁知道呢，也许有人从钥匙孔里看到了。”

“我看你才是异想天开，波洛。谁会像你想的那样，没事从钥匙孔往屋里偷窥啊。”

波洛微合双眼，说我总是太过相信人。

“让我告诉你吧，这座宅子里的钥匙大有蹊跷。比如说我，即便是科蒂斯就在隔壁房间，我也喜欢从里面把房门锁上。我到这儿没多久，我的钥匙就消失不见了——连影子都找不到了！我不得不让他们给我重新做一把。”

“唔，不管怎么说，”我脑子里仍然想着自己的麻烦，长出一口气说，“你说的那种情况最终没有发生。人竟然可以失去理智到这样的程度，真是可怕。”我压低了声音，“波洛，会不会是因为……因为多年前的那场谋杀案，导致这里的空气会感染啊？”

“你是说，谋杀病毒？呃，这还真是个有趣的想法。”

“房子都有自己的气氛。”我若有所思地说，“这座宅子可是有一段不太好的历史啊。”

波洛点点头。“是啊。这里曾经有人——有好几个人——由衷地希望别人死去。千真万确。”

“我觉得这种气氛会以某种方式附在人的身上。不过先别说这个了，波洛，你告诉我，我到底应该怎样对待这件事啊——我是说朱迪斯和阿勒顿。必须想个什么办法阻止他们。你觉得我怎么办才好？”

“什么也别做。”波洛一字一句地说。

“啊，可是——”

“相信我，你不掺和就是最好的选择。”

“我要是跟阿勒顿单挑——”

“你能说什么、做什么呢？朱迪斯已经二十一岁了，她管得好自己。”

“但我觉得我应该可以——”

波洛打断了我。“不是的，黑斯廷斯。不要想象你自己有足够的智慧、体力甚至谋略，能将你的意志强加于这两个人中的任何一个。阿勒顿对付愤怒而无能的父亲得心应手，他或许甚至十分享受这样的过程。朱迪斯不是那种轻易就被人吓倒的人。我认为——如果我要给你任何建议的话——你应该采取完全不同的措施。如果我是你的话，我会相信她的。”

我盯着他。

“朱迪斯，”赫尔克里·波洛说，“是个好孩子。我很喜欢她。”

我用有些颤抖的声音说：“我也喜欢她啊。但是我担心她。”

波洛突然猛地点点头。“我也担心她，”他说，“但我担心的方式跟你不一样。我非常担心。而且我无能为力——差不多可以这样说。何况时间在一点一点地过去。危险就在前方，黑斯廷斯。危险已经迫近了。”

2

我也知道危险已经迫近。而且我对这一点的认识比波洛更深，因为我前一天晚上偶然听到了不得了的东西。

尽管如此，我下楼去吃早餐的时候脑子里还是不停地想着波洛说的那句话。“如果我是你的话，我会相信她的。”

这句话出乎我的意料，却莫名地让我感到宽慰。而且这句话的正确性不久之后就得到了证实。因为朱迪斯显然改变了主意，放弃了当天去伦敦的计划。

她没有去伦敦，而是在早餐后一如既往地跟富兰克林一起直奔实验室。显然，他们又要在那里度过艰苦忙碌的一天。

一股强烈的感恩之情涌遍了我的全身。我前一天晚上是多么疯狂、多么绝望啊！我认为——几乎肯定地认为——朱迪斯被阿勒顿的甜言蜜语所惑，接受了他的邀请。但我现在回想起来，她当时的确没有明白地表示同意。她不会同意的，她太善良、太纯洁、太真实了，这样的她不会妥协。她拒绝了阿勒顿幽会的请求。

阿勒顿早早吃了早餐，然后就出发去伊普斯维奇了。按原计划行事的他一定是认为朱迪斯会按照之前的约定前往伦敦。

“嗯，”我暗自心想，“他要失望了。”

博伊德·卡灵顿愣头愣脑地说我看起来神采奕奕。

“是啊，”我说，“我得到了好消息。”

他说，他就没有这么幸运了。建筑师给他打了一通让他烦心的电话，告诉他房子遇到了建筑困难——当地一个测量人员大闹施工现场。他还收到了带着坏消息的来信。此外，他还在为前一天让富兰克林太太过度劳累而忧心。

富兰克林太太过去几天精力充沛的生活也告一段落了。根据我从克雷文护士那里得到的消息来判断，她已经累得不行了。

克雷文护士本来定好要休假会友，这下也不得不留下来继续工作，她当然是一百个不情愿。富兰克林太太从早上就开始要提神醒脑药、热水瓶以及各种特殊的食品和饮料，而且根本不愿让护士小姐走出她的病房半步。她神经痛、心口疼、腿脚抽筋，还不停地打冷战。

我想借此机会说明，无论是我还是这里的其他任何人都没有对此感到震惊。我们都把这些归为富兰克林太太臆想症的种种表现。

克雷文护士和富兰克林医生也是这样想的。

后者被从实验室叫回来；他倾听了妻子的抱怨，问她是不是要找一个当地的医生来给她看看（这个提议得到了富兰克林太太的激烈反对）；然后他给她冲了一杯镇静剂，竭尽全力地安慰了她一番，然后才再次回到实验室继续工作。

克雷文护士对我说："当然，他很清楚她是在小题大做。"

"真的没有那么严重？"

"她体温正常，脉搏也十分健康。要我看，她就是没事找事。”

她十分恼火，说话比平时更没有分寸。

“她就是看不得别人好过。她就喜欢让她丈夫忙前忙后，让我围着她打转，就连威廉爵士都以为自己‘昨天累着她了’而自责不已。她就是那种人。”

很显然，克雷文护士觉得她的病人今天格外不可理喻。我猜富兰克林太太一定是对她极度无礼。像她这样的女人，护士和用人都不喜欢，不仅因为她事多，更因为她态度太差。

所以，就像我刚才说的，我们谁也没把她这点儿小病放在心上。

唯一的例外是博伊德·卡灵顿，他一脸可怜相地转来转去，就好像一个刚挨了一顿责骂的小男孩。

此后我曾经无数次回想当天发生的事，试图回想起一些我之前没有发现的事——或者说那些被我遗忘的小事。我尝试着回忆每个人的行动细节——他们的举止在多大程度上与平日一样，或者他们是否曾经表现出任何兴奋的迹象。

让我再一次描述一下我记忆中每个人当天的活动。

正如我刚才所说，博伊德·卡灵顿看上去很不舒服，而且似乎怀着深深的负罪感。他似乎觉得自己前一天玩得太过头了，并且自私地没有照顾好他那位同伴脆弱的身体。他多次上楼探望芭芭拉·富兰克林，而本就心情不好的克雷文护士对他格外尖刻。他甚至专程跑到镇上买了一盒巧克力。但最后这盒巧克力被退回来了。“富兰克林太太吃不了巧克力。”

最后，他怀着沉重的心情在吸烟室里打开了巧克力盒子，跟诺顿和我三人一起，在严肃的气氛中把这盒巧克力分了。

他很喜欢巧克力，心不在焉地吃了很多。

外面变天了。从十点就开始下起瓢泼大雨。

不过今天我们并没有像其他雨天一样感到忧伤。实际上，这样的天气让所有人都长出一口气。

大约中午前后，科蒂斯照顾着波洛下了楼，然后安置他在会客室坐好。伊丽莎白·科尔陪着波洛，给他弹钢琴听。她的琴声优美，弹的是巴赫和莫扎特这两位我朋友最喜爱的作曲家的曲子。

富兰克林和朱迪斯大约差一刻一点的时候从花园回来。朱迪斯面色苍白，看上去很疲惫。她一声不吭，似乎在梦中一样，眼神空洞地扫了一眼周围，然后又走了。富兰克林跟我们坐了一会儿。他看上去也十分疲劳，而且心不在焉，能看出他近来压力很大。

我记得我说这场雨真让人欣慰，他很快地就接着我的话说：“是啊。该发生的总会发生……”

不知怎的，我感觉他这句话不仅仅在说天气。一贯笨手笨脚的他突然顶了一下桌子，打翻了一半的巧克力。他和平常一样被眼前的场景吓得惊慌失措，连忙道歉——很显然他是在对巧克力盒子表示歉意。

“哦，对不起。”

这一幕本应该很滑稽，但不知为什么完全没有滑稽的感觉。他赶忙俯身捡起了撒出来的巧克力。

诺顿问他早上是不是很累。

他的脸上一下子就绽放出了笑容——热情、孩子气、活力十足。

“没有——没有——只是意识到，突然意识到，我之前走弯路了。我得把整个流程简化一下。现在可以抄近路了。”

他站在那儿前后摇晃着，眼神若有所思，不过却十分坚定。

“对，近路。这样才好。”

3

如果说当天上午我们还紧张兮兮、漫无目的的话，那么那天下午就出人意料，显得十分愉快。太阳出来了，天气凉爽舒适。勒特雷尔太太被扶下楼坐在阳台上。她精神很好——魅力依旧，却比平日得体很多，不会让人感觉笑里藏刀。她还是拿丈夫开玩笑，却温和而带着爱意，他也对她笑颜以对。看到他们这样和睦真是令人高兴。

波洛也坐着轮椅下楼，他的精神也很不错。看到勒特雷尔夫妇重归于好，他也很开心。勒特雷尔上校看起来年轻了许多。他的举手投足不再那么优柔寡断，也不像以前那样频繁地捋胡子了。他甚至提出当天晚上要打桥牌。

“黛西想打桥牌了。”

“确实如此。”勒特雷尔太太说。

诺顿认为打牌对勒特雷尔太太来说或许还是太累了。

“我只打一局，”勒特雷尔太太说，然后眨着眼睛说，“而且我会乖乖的，不会把可怜的乔治怎样的。”

“亲爱的，”她的丈夫说，“我知道我打得不好。”

“那又怎样呢？”勒特雷尔太太说，“不是正好让我有机会欺负你取乐吗？”

我们听了这句话都笑了。勒特雷尔太太接着说：“哦，我知道自己的缺点，但我这辈子是不会改了。乔治只能忍让我一些啦。”

勒特雷尔上校傻傻地看着她。

大概是看到他们如此和美的缘故，我们那天晚些时候开始讨论起婚姻和离婚来。

究竟离婚给男人女人带来的便利会让他们感到更加幸福，还是在夫妻之间短暂的恼怒和隔阂——或者由第三者所引发的麻烦——过去之后，二人就会重新找回旧日的爱恋情感？

有时候，人们的观念和实际经历之间会存在惊人的差距。

我的婚姻极其幸福美满，而且我本人比较老派，但我是支持离婚的——我认为人们应该及时止损，重新开始。可是婚姻不幸的博伊德·卡灵顿认为婚姻关系永远不该破裂。他说，他对婚姻关系报以最高的尊重。它是国家的基石。

跟“婚姻”二字没有一点儿关系的诺顿支持我的观点。奇怪的是，富兰克林这位掌握现代科学的思想家坚决反对离婚。很显然，离婚与他言行一致的理想相悖。人必须承担一定责任。这些责任既然承担起来，就一定要坚持到底，并且绝不能退缩放弃。他说，合约就是合约。对于自愿订立的合约，人们必须遵守。除此之外的任何其他行为都会造成他所谓的麻烦。隐患，名存实亡的婚姻关系等。

他仰坐在椅子里，一双长腿无聊地踢着桌子。他说：“男人既然选择了自己的妻子，妻子就是男人的责任，直到她去世——或者男人自己去世。”

诺顿滑稽地说：“有时候——死亡也是件好事，对吧？”

我们都笑了，博伊德·卡灵顿说：“小伙子，这种话轮不到你说，你连婚都没结过呢。”

诺顿摇头说：“我也不太想结婚。”

“是吗？”博伊德·卡灵顿好奇地看着他，“你确定？”

这时伊丽莎白·科尔走了过来。她刚才在楼上陪富兰克林太太。

不知道是我的幻觉还是真的，我觉得博伊德·卡灵顿似有深意地将目光从伊丽莎白·科尔移向诺顿，而诺顿脸红了。

这让我产生了一个新奇的想法，我打量起伊丽莎白·科尔来。她的年纪的确还不算大，而且长得也不错。实际上，她是那种很有魅力而且非常善解人意的女人，能取得任何男人的欢心。她最近确实经常和诺顿在一起。在一起寻找野花和鸟类的过程中，他们成了朋友。我还记得她向我夸赞诺顿是一个善良的人。

嗯，如果真是如此的话，我真为她感到高兴。凄苦的少女时代并未影响她追求幸福。那场让她的生活支离破碎的悲剧没有让她白白受苦。我看着她，心想她一定比刚到斯泰尔斯庄园的时候更加幸福、更加开心。

伊丽莎白·科尔跟诺顿——对，有可能。

就在这时，我莫名感到一股不安。斯泰尔斯庄园的气氛不对劲。我感觉到了——此时此刻，我突然觉得苍老而疲惫——没错，还有恐惧。

一分钟之后，这种感觉消失了。除了博伊德·卡灵顿之外，似乎没有人注意到。过了一会儿，他凑过来对我低声说："你还好吧，黑斯廷斯？"

"挺好的，怎么了？"

"唔——你看起来——我说不清。"

“只是有一种——不安的感觉。”

“不祥的预感？”

“如果你喜欢那么说就是吧。我感觉——有什么事情要发生。”

“有意思。我也有一两次有这种感觉。你觉得会发生什么事情？”

他紧盯着我。

我摇摇头。我的确不知道到底要发生什么。只是一种深深的压抑和恐惧。

这时，朱迪斯从房子里出来了。她走得很慢，扬着头，双唇紧闭，面色严肃却格外美丽。

她与我和辛迪丝都完全不同；她看上去像是一个年轻的女祭司。诺顿也有这样的感觉。他对她说：“你知道和你同名的那位犹太女英雄吧[①]？她砍下霍洛芬头颅之前的表情估计跟你现在一样。”

朱迪斯微笑着，稍稍扬起眉毛。“我不记得她为什么要那么做了。”

“哦，完全是站在道德的制高点上，为了集体的利益。”

他语气中的那种戏谑惹恼了朱迪斯。她脸一红，离开

①诺顿此处引用的是多纳泰罗晚年创作的《朱迪斯与霍洛芬斯》中的故事。故事女主人公朱迪斯（Judith，又译犹迪）是一位美貌聪慧的犹太寡妇。她用美色骗取了占领耶路撒冷的亚述人将军霍洛芬斯的信任，并在一次霍洛芬酒醉之后砍下他的头颅，吓走亚述侵略军。

诺顿走到富兰克林旁边坐下。她说："富兰克林太太感觉好多了。她想让我们今晚上楼到她的房间去喝咖啡。"

4

晚饭后上楼的时候，我心想，富兰克林太太绝对是个情绪化的人。她先是把我们所有人折腾得坐卧不宁，然后又突然变得善意满满。

她穿着一件淡青色的睡衣，躺在躺椅上。她旁边放着一个带旋转式书架的小桌子，上面摆着各种咖啡用具。在克雷文护士的协助下，她白嫩的手指灵巧地操作着各种器具煮咖啡。除了晚饭后便回房间休息的波洛、还没从伊普斯维奇回来的阿勒顿，以及仍在楼下的勒特雷尔夫妇，其他人都在。

不久我们就闻到了咖啡的香味——真是美妙的味道。斯泰尔斯庄园的咖啡混浊无味，所以我们都很期待富兰克林太太用新磨的咖啡粉泡的咖啡。

富兰克林坐在桌子的另一边，太太倒咖啡的时候他帮她递杯子。博伊德·卡灵顿站在沙发旁边，伊丽莎白·科尔和诺顿站在窗边。克雷文护士坐在床头。我则坐在扶手椅里苦想当天《泰晤士报》的填字游戏。

"平稳之爱，何人相害？"我念道，"八个字母。"

"大概是字母倒拼的谜语。"富兰克林说。

我们想了一分钟。我接着念道："山间的伙计人不好。"

"Tormentor[①]。"博伊德·卡灵顿脱口而出。

"引用：'无论问什么，回声唯答'——空白。丁尼生诗句。五个字母。"

"Where，"富兰克林太太说，"肯定没错。'回声唯答何处'，对吧？"

我对此表示怀疑。"这个词的结尾字母应该是W。"

"唔，很多词语最后一字母都是W。How，now，snow。"

窗边的伊丽莎白·科尔说："丁尼生的原话是：'无论问什么，回声唯答死亡'。"

我听到有人突然深吸一口气。我抬头看去。原来是朱迪斯。她从我们身边走过，穿过落地窗去阳台了。

我一边思考着最后一条没有解开的线索，一边说："平稳之爱那一条应该不是倒拼谜语。现在第二个字母是A。"

"提示是什么来着？"

"平稳之爱，何人相害？空格，字母A，然后是六个空格。"

①英文中单词"tor"有"小山"之意，"men"是"人"，而"tormentor"有"折磨者"的意思。

“Paramour[①]。”博伊德·卡灵顿说。

我听见芭芭拉·富兰克林的茶匙与小盘碰撞发出响声。我接着念下一条提示。

“‘嫉妒是一只青眼的怪兽’，某人曾说过。”

“莎士比亚。”博伊德·卡灵顿说。

“说这句话的是奥赛罗还是埃米莉亚？”富兰克林太太问。

“都太长了。提示说只有四个字母。”

“伊阿古。”

“我确定是奥赛罗。”

“根本不是奥赛罗。这句话是罗密欧对朱丽叶说的。”

大家各抒己见。突然阳台上的朱迪斯叫起来：“看啊，流星。哦，那边还有一颗。”

博伊德·卡灵顿说：“哪儿呢？我们要许愿啊。”他上了阳台，伊丽莎白·科尔、诺顿和朱迪斯已经在那儿了。克雷文护士也出去了。富兰克林也站起身出去看。他们站在阳台上，望着夜空发出感叹。

我仍然纹丝不动地低着头看着填词游戏，为什么要看流星呢？我没什么愿好许的……

突然，博伊德·卡灵顿转身回到了房间。

“芭芭拉，你一定要出来看看。”

---

①意为“情人”。

富兰克林太太厉声说："不，我还是算了吧。我太累了。"

"胡说，芭布丝。你一定要出来许个愿！"他笑了，"别反对了。我抱你出去。"

于是他弯腰抱起富兰克林太太。她大笑着抗议道："比尔，把我放下——别做这种傻事了。"

"小女孩一定要出来许个愿。"他抱着她穿过落地窗，把她放在阳台上。

我俯身看着报纸。因为我回忆起……那是一个晴朗的热带夜晚，阵阵蛙鸣……突然天上飞过一颗流星。当时正站在窗边的我转身抱起辛迪丝，抱着她看星星，并许下愿望……

眼前的填字游戏突然模糊了。

一个身影从阳台走下来，回到房间里——是朱迪斯。

一定不能让朱迪斯看到我流泪的样子。绝对不行。我慌张地转动桌子上的书架，装作找书。我记得里面有一本旧版的莎士比亚作品。没错，找到了。我翻看着《奥赛罗》。

"你干什么呢，父亲？"

我念叨着提示，一边翻着书页。没错，就是伊阿古。

哦，将军，请当心嫉妒；

它是青眼的怪兽，

最好玩弄它所吞噬之人。

朱迪斯接着背诵下去：

无论是罂粟还是曼陀罗，世间一切安眠之药
都无法让你如昨日一般酣睡。
她的声音洪亮，深沉而动听。

其他人也纷纷说笑着回到屋中。富兰克林太太坐回她的躺椅上，富兰克林也回到自己的位子上搅动着杯里的咖啡。诺顿和伊丽莎白·科尔喝完咖啡告辞了，因为他们此前跟勒特雷尔夫妇约好了一起打桥牌。

富兰克林太太喝完了咖啡，要她的滴药。克雷文护士刚好出去了，所以朱迪斯从卫生间里拿给她。

富兰克林漫无目的地在屋里踱步，走着走着就绊到了一张小桌子。

他的妻子厉声说道："别这么笨手笨脚的，约翰。"

"对不起，芭芭拉。我在想事情。"

富兰克林太太做作地说："你真是一只太笨熊，亲爱的。"

他心不在焉地看了她一眼，然后说："今天晚上天气不错，我想出去散散步。"

说完他就出去了。

富兰克林太太说："他真是一个天才。举手投足都能看得出来。我真是爱死他了。他对工作的热情无与伦比。"

"是啊，是啊，这伙计真是聪明。"博伊德·卡灵顿敷衍地说。

朱迪斯突然离开了房间，走到门口时差点儿跟克雷文护士撞在一起。

博伊德·卡灵顿说："玩儿一局哨兵游戏怎么样，芭布丝？"

"哦，好啊。你能拿一副纸牌来吗，护士小姐？"

克雷文小姐出去拿纸牌。我向富兰克林太太道了晚安，并谢过了她的款待。

我在外面遇见了富兰克林和朱迪斯。他们俩站在走廊的窗边望着外面。两个人都一言不发，只是并排站在那儿。

我走近他们时，富兰克林回头看了一眼。他挪了挪脚步，犹豫了一下，然后说："跟我一起散散步吗，朱迪斯？"

我女儿摇摇头。"今天晚上算了。"她突兀地说，"我要睡觉了。晚安。"

我跟富兰克林一起下了楼。他轻声地吹着口哨，面带微笑。

我烦躁不已，没好气地对富兰克林说："你今晚似乎很自在啊！"

他承认了。

“是啊。我做了一件一直想做的事情。心满意足。”

我在楼下与他分开，然后看了一会儿桥牌。趁勒特雷尔夫人不注意的时候，诺顿朝我眨了眨眼。这一局似乎一团和气。

我上楼来到波洛的房间。朱迪斯也在这里。见我进来，她冲我笑了笑，但是没说话。

“她原谅你了，我的朋友。”波洛说。这叫什么话！

“是吗？”我反唇相讥，“我可不——”

朱迪斯站起身。她一只胳膊搭在我的脖子上，然后吻了我一下。她说：“可怜的父亲。赫尔克里叔叔不应该伤害你的自尊。我应该争取你的原谅才对。你就原谅我，然后跟我说晚安吧。”

我也不知道自己为什么会那样做，但我还是说：“对不起，朱迪斯。非常抱歉，我不是有意——”

她拦住了我的话。“没关系的。让我们忘了这件事吧。现在一切都没事了。”她的脸上慢慢绽放出了灿烂的笑容。她又说了一遍：“现在一切都没事了……”然后静静地离开了房间。

她走后，波洛看着我。

“说说吧，”他问我，“今天晚上发生什么事了吗？”

我摊开双手。“什么事也没发生，连一点要发生事的迹象都没有。”

然而后来发生的事情证明我错了。因为当晚确实发生了一件事。富兰克林太太突发重病。我们派人请了两个医生，但两人都束手无策。第二天早上她就去世了。

二十四小时之后，我们才得知，她死于毒扁豆碱中毒。

第十四章

1

两天之后，召开了死因陪审庭。这是我第二次在这个地方参加死因陪审庭。

验尸官是个干练的中年男子，眼神精明，语言却极其乏味。

首先听取的是医学证据。结论是死者死于毒扁豆碱中毒，而且死者体内还检查出了含有毒扁豆中提取的其他生物碱成分。死者应该是于前一天晚上七点到凌晨之间服用了毒药。警方的法医无法进一步缩短这个时间范围。

接下来传讯富兰克林博士。总体来说，他的表现给人留下了良好的印象。他提供的证据简单明了。妻子去世后，他检查了实验室中的溶液。发现原本装着他用来做实验的浓毒扁豆碱溶液的瓶子里灌满了清水，原先瓶子里的溶液已经所剩无几。由于他已经多日未用那瓶溶液，所以他也无法准确说出瓶子里的液体是什么时候被替换掉的。

陪审庭接下来研究了谁可以进入实验室这个问题。富兰克林医生表示，他的实验室门通常是锁着的，而且钥匙一般是放在他口袋里保管的。他的助理黑斯廷斯小姐有一把备用钥匙。任何人如果想进入实验室都必须从她或者他本人那里拿到钥匙。他的妻子偶尔会借钥匙去取回她落在实验室里的东西。他本人从来没把毒扁豆碱溶液带进宅子里或者他妻子的房间，而且他也不认为他妻子会不经意间把溶液带回房间。

在验尸官的进一步盘问之下，富兰克林医生说他的妻子已经有好一段时间处于情绪低落状态。她本人并没有器质性的疾病，只是心情抑郁，性情多变。

富兰克林说，他妻子近来心情大好，他还以为是她的健康和精神状况有所改善。他们最近没有争吵，相处也十分融洽。去世前最后一晚，她精神很好，并没有表现出忧郁的迹象。

他说他妻子偶尔会谈起要了结自己的生命，不过他并没有拿这话当真。在验尸官的追问下，他表示在他看来，他的妻子并不是那种会寻短见的人。这既是他的医学意见，也是他的个人看法。

富兰克林医生之后作证的是克雷文护士。她身着短款制服，看起来精明干练，她的回答也十分简洁而职业化。她前后共照顾富兰克林太太超过两个月的时间。富兰克林太太患有严重的抑郁症。有人听到她至少三次声称要“了结这一切”，说她的生命已经没有意义，说她已经成了丈夫的负担。

“她为什么这么说？他们两个人发生过什么争吵吗？”

“不，没有，但她知道她丈夫最近得到了一份海外的工作邀请。他为了照顾她而拒绝了那份邀请。”

“因此她有时会为此事感到难过？”

“是的。她抱怨自己糟糕的身体状况，每次说起来就十分激动。”

“富兰克林医生知道这些吗？”

“我不认为她经常对他说这样的话。”

“但她身患抑郁症。”

“嗯，没错。”

“她是否曾经明确提出要自杀？”

“我记得她说的是‘了结这一切’。”

“就是说，她并没有说过要用何种方式了结自己的生命？”

“是的。她说得很模糊。”

“最近有什么让她感觉特别郁闷的事情吗？”

“没有。她近来精神状态极好。”

“富兰克林医生说她去世的当晚精神状态很好，你是否同意这样的说法？”

克雷文护士犹豫了一下。“唔——她那天很兴奋。那天白天她心情很差——说自己身上疼，而且头晕。到了晚上她似乎好了一些，不过她的精神状态不太正常。她似乎处于狂躁状态，非常蹊跷。”

“你有没有看见过一个瓶子，或者任何可能装着毒药的器皿？”

“没见过。”

“她当天饮食如何？”

“她喝了汤，吃了肉片、青豆、土豆泥还有樱桃蛋挞。她还喝了一杯勃艮第红酒。”

“红酒是从哪儿来的？”

“她屋里有一瓶。事发之后还有一些酒没有喝完，不过检验结果没有发现任何异常。”

“她有没有可能在你不注意的时候把毒药放在自己杯子里呢？”

“哦，可以的，轻而易举。我在屋里进进出出，打扫房间，收拾东西。我并不是在看管她。她身边放着一个小公事箱和一个手提包。她有大把的机会可以把任何东西放进勃艮第红酒、咖啡或者她当晚最后喝的牛奶里。”

“如果她真的是这样做的，那么她会怎样处理装毒药的瓶子呢？你知道吗？”

克雷文护士想了想。“嗯，我估计她会事后把瓶子从窗户扔出去。要不然就是放在废纸篓里，或者在卫生间里冲干净然后放回药箱。药箱里有好几个空瓶子，我一直留作备用。”

“你最后一次见富兰克林太太是什么时候？”

“十点半。我照顾她上了床。她睡前喝了热牛奶，还说想要一片阿司匹林。”

“她那个时候处于什么状态？”

证人想了一下。

“嗯，其实，跟平常一样……不对，应该说她有些过度兴奋。”

“情绪不压抑吗？”

“唔，没有，甚至可以说很振奋。不过如果你觉得她是自杀的，她当时的情绪确实可以说是自杀的前兆。她或许感到崇高而愉悦。”

“你觉得她是那种会自杀的人吗？”

证人片刻无言。克雷文护士似乎拿不定主意。

“呃，”她最后终于开口说道，“我觉得她既是也不是。我——嗯，总体上来说我觉得她是那样的人。她心态极不平衡。”

下一个是威廉·博伊德·卡灵顿爵士。他似乎真心难过，不过证词还是十分清楚的。

事发当晚，他跟死者玩了会儿哨兵游戏。他当时没有注意到任何抑郁的迹象，但在之前几天的一次谈话中，富兰克林太太提到要自行了断的事情。她是个非常无私的女人，并且为自己阻碍了丈夫的职业发展而深深不安。她全身心忠于自己的丈夫，并对他寄予很高的期望。她有时会为自己的病情感到难过。

朱迪斯也被传作证，不过她没说什么。

她不知道毒扁豆碱被拿出实验室的事。悲剧发生当晚，富兰克林太太似乎与平日一样，只是稍微有些过于兴奋。她从没听富兰克林太太说起过要自杀。

最后一个证人是赫尔克里·波洛。他的证词言之凿凿，给人留下深刻的印象。他描述了富兰克林太太去世前一天他与富兰克林太太的对话。她非常难过，多次表示希望终结这一切。她非常担心自己的健康，并且坦白地告诉波洛，她认为自己的生命已经完全失去了意义。她说，有时她觉得要是能一觉睡去就不再醒来该有多好。

他接下来的回答引起了更大的骚动。

"六月十日早上你就坐在实验室门外对吧？"

"是的。"

"你是否看见富兰克林太太从实验室里出来？"

"看见了。"

"她手里有没有拿什么东西？"

"她右手里攥着一只小瓶子。"

"你确定吗？"

"确定。"

"她见到你有没有表现出任何惊慌？"

"她看上去很吃惊，不过仅此而已。"

验尸官接着做了结案陈词。他说，目前要决定的就是死者死亡的来龙去脉。医学证据已经毫无疑问地确认了死者的死因。死者确系毒扁豆碱中毒而死。现在遗留的问题就是，死者是意外中毒还是故意服毒，抑或是被人下毒。从各位证人的证言来看，死者患有严重的抑郁症，并且身体状况欠佳，虽然没有器质性疾病，但精神状况很差。本案的重要证人赫尔克里·波洛先生肯定地表示他曾看到富兰克林太太手里攥着一个小瓶子从实验室里出来，并且见到他之后表现得很吃惊。陪审团或可得出结论，即富兰克林太太为求一死，自己从实验室拿出了毒药。她似乎坚持认为自己剥夺了丈夫的幸福，阻碍了他的事业发展。对于富兰克林医生，我们要公平地说他是个善良、有爱心的丈夫，从未对她的脆弱表达过任何恼怒情绪，也没有抱怨过她阻碍了他职业的发展。这似乎完全是富兰克林太太主观的想法。处于某种情绪边缘状态的女性确实容易产生这样固执的念头。没有任何证据表明毒药是在何时用何种容器带出实验室的。原本盛放毒药的瓶子并未找到，这一点或许不合常理，不过正如克雷文护士所说，富兰克林太太或许本来就是从药箱里拿了一个空瓶子，用完清洗之后又放回去了。下面就要由陪审团来做出裁决了。

没过多久，判决就下来了。

陪审团认定，富兰克林太太在精神异常的状态下终止了自己的生命。

2

半小时之后，我来到了波洛的房间。他看起来疲惫不堪。科蒂斯把他放在床上，给他喝了一点儿酒精饮料，好帮他提神。

虽然有一肚子话要说，但我还是耐着性子，一直等到波洛的侍者干完活儿离开了房间。

我终于憋不住了。“你刚才说的那些是真的吗，波洛？你说你看见富兰克林夫人拿着一只瓶子从实验室里走出来？”

波洛青紫色的嘴唇上闪过一丝淡淡的微笑。他轻声说：“你没看见吗，我的朋友？”

“没有啊。”

“你没准儿见到过呢，对吧？”

“不对，我应该没见过。当然，我也不能确定她没有拿着瓶子出来。”我满腹狐疑地看着他，“问题是，你的话到底是不是真的？”

“你觉得我会撒谎吗，我的朋友？”

“我不能排除这种可能性。”

“黑斯廷斯，你这句话让我感到震惊。你那单纯的信仰到哪儿去了？”

“唔，”我犹豫了，“我也觉得你不会作伪证的。”

波洛温和地说：“肯定不是伪证。毕竟我没发誓。”

“那你的话不是真的？”

波洛立即摇摇手。“不管我说过什么，我的朋友，都不可能收回来了。没有必要再讨论它们了。”

“我真没法理解你！”我叫道。

“有什么你不理解的？”

“你的证词——说什么富兰克林太太声称要自杀，说她心情抑郁。”

“你也听过她这么说啊。”

“对。但是那只是她许多种情绪中的一种。你没把这一点交代清楚。”

“也许是因为我不想说清楚。”

我盯着他。“你想让陪审团做出自杀的认定？”

波洛停顿了片刻，然后才开口：“黑斯廷斯，我觉得你还不明白事态的严重性。如果你非要这么说的话，没错，我是想让陪审团做出自杀的认定……”

我说：“但是你并不认为——我是说你自己并不认为——她死于自杀？”

波洛缓缓地摇摇头。

我说：“你觉得——她是被谋杀的？”

“没错，黑斯廷斯，她是被谋杀的。”

“那你为什么还要把这起事件说成像自杀一样，把真相掩盖起来呢？这样一来一切调查就都停止了啊。”

“正是如此。”

“你希望这样？”

“没错。”

“但是为什么啊？”

“我是不是可以认为你还没有看透真相？没关系——具体情况我们先不说。你必须相信我，这就是一起凶杀案——是蓄意谋杀。黑斯廷斯，我早就跟你说过这里会发生凶案，而且我们很可能无法阻止凶案的发生——因为凶手狡猾而且意志坚决。”

我不寒而栗，问道：“那接下来会发生什么呢？”

波洛微微笑了笑。“案子已经结了——死者死因已经定性为自杀。但是你和我，黑斯廷斯，还要继续暗中进行调查，就像鼹鼠一样。最终我们一定会抓到 X。”

我说：“要是这期间又有人被杀了呢？”

波洛摇摇头。“我觉得不太可能。除非有人看到了什么或者知道什么，但如果是这样的话，他们一定会站出来说明的吧……”

第十五章

1

死因陪审庭之后几天的事，我已经记不太清楚了。当然，举行了葬礼，而且引来了斯泰尔斯圣玛丽很多好奇的民众参加。在葬礼上，我遇到一个双眼湿润、举止怪异的老太太。

我们走出墓园的时候，她过来跟我打招呼。

“我还记得你啊，这位先生。”

“唔——呃——大概……”

她接着说下去，根本不管我说了什么。

“二十多年过去啦。二十多年前，老夫人死在这里。那是斯泰尔斯庄园的第一起凶案。要我说，那绝对不是最后一起。英格尔索普老夫人，我们都觉得她丈夫对她特别好。我们当时特别确定。”她诡异地瞥了我一眼，“没准儿这次是她丈夫干的。”

“您这是什么意思？”我严肃地说，“您没听说判决是自杀吗？”

“那是验尸官那么说。但他可能弄错了，你不觉得吗？”她捅了我一下，“医生们最知道怎么弄死自己的妻子。好像她对他也没什么用处。”

我朝她发起火来，她这才悻悻地离开，一边嘟囔着说她没有别的意思，只是觉得这种事会发生第二次感觉很奇怪。“更奇怪的是这两次你都在，先生，不是吗？”

一瞬间我觉得她是不是怀疑我才是两起凶案的真凶。这让我很不安。这次对话让我明白，乡里的疑心是一件多么诡异可怕的事。

而且毕竟这种疑心也有其正确之处。因为富兰克林太太的确是被人杀害的。

正如我刚才所说，这段日子留在我记忆中的东西非常少。但波洛的健康让我十分担心。有一天科蒂斯过来找我，他那严肃的面孔稍显一丝不安，他说波洛犯了严重的心脏病。

“我觉得，先生，他应该看医生了。”

我慌忙赶到波洛的房间，但他表示坚决不看医生。这有些不像他的风格。在我看来，他一直极度在意自己的健康。他怕风，用丝绸和羊毛围巾把脖子裹得严严实实的，脚沾湿一点就表现得极度恐惧，稍有一点感冒的迹象就要试体温表，然后上床休息——“要不然我会得肺炎的！”即便是最轻的病症，他也总是马上看医生。

现在他真的病了，他的想法反而转了一百八十度。

但这或许是他真正的想法。之前的那些小病都没什么大事。如今他真的患了重病，反而害怕起来，不愿承认自己病了。他这样轻描淡写，就是因为他害怕了。

“啊，不过我已经看过医生了！还不止看了一个，看了很多医生。我去找过布兰科，找过达什（他说了两个专科医生的名字），你猜他们想让我怎么做？——他们让我去埃及，结果到了那儿之后我的病情立刻就恶化了。我还找过R……”

我知道，R是个心脏病专家。我赶紧问他：“他怎么说？”

波洛斜着眼睛瞥了我一眼——我的心紧张地一颤。

他平静地说：“他能做的都做了。他给我治了病，帮我疗养，都是亲力亲为。医生所能做的——他已经都做了。所以你明白了吧，黑斯廷斯，再叫医生来没有用的。我的朋友啊，身体是会生锈的。哎，没有人能像汽车一样，换上新的马达，然后继续跟以往一样飞驰。”

“不对，波洛，你病得肯定不轻。科蒂斯——”

波洛厉声说：“科蒂斯？”

“没错，他来找过我。他很担心——你犯心脏病了——”

波洛轻轻点点头。“是的，是的。有时候是会犯，惨不忍睹。我觉得，科蒂斯不太适应我犯病的样子。”

“你真的不去看医生？”

“没用的，我的朋友。”

他说这话时声音不大，但态度十分决绝。我的心再一次痛苦地缩紧。波洛对我笑了笑。他说：“黑斯廷斯，这是我最后一个案子了。它也会是我办过的最有趣的一个案子——对手是我遇见过的最有趣的凶手。虽然我们不赞成X的行为，但他的计谋之巧妙使我们不得不佩服。到目前为止，我亲爱的朋友，这个X的行动十分巧妙。他已经击败了我，击败了赫尔克里·波洛！他的手段我破解不了。”

“如果你身体健康的话——”我开始安慰他。

但很显然这句话说的不是时候。赫尔克里·波洛突然发怒了。

“啊！我跟你说过多少次了，蛮力是没有用的。我们只需要——思考。”

“唔——当然——是啊，这个你在行。”

“在行？没人比我更在行。我的四肢瘫痪了，心脏也不断地给我找麻烦，但我的大脑，黑斯廷斯，我的大脑灵活如初，没有任何毛病。我的头脑仍然是第一流的。”

“那，”我安慰他说，“真的太好了。”

但我下楼的时候心想，波洛的头脑已经不如原来那样反应自如了。先是勒特雷尔太太九死一生，现在富兰克林太太又死了。我们又做了什么呢？其实什么也没做。

2

第二天波洛对我说："黑斯廷斯，你昨天建议我去看医生，对吧？"

"对，"我赶紧答应，"如果你去看医生的话我会安心很多。"

"好吧，我同意。那我就去找富兰克林。"

"富兰克林？"我疑惑地看着他。

"唔，他是医生，这总没错吧？"

"是，可是——他主要是做研究的吧？"

"当然。我想他做一个全科医生恐怕不会成功。借用你的话来说，就是他的'临床经验'不够。但是他有做医生的资质。事实上我应该说，'他对本行的了解比大多数人都好'，就像电影里说的那样。"

他这番话还是没有完全说服我。虽然我对富兰克林的能力没有任何怀疑，但他总是给我没有耐心、对人类疾苦无动于衷的感觉。虽然这对于研究人员来说可能是宝贵的品质，但对于他要照顾的病人来说就不是什么好事了。

尽管如此，波洛同意去看医生已经是妥协了，何况波洛的医生不在本地。富兰克林欣然同意给他看病。不过他解释说如果需要日常治疗和护理，就需要请本地大夫过来了。他做不了这个。

富兰克林跟波洛单独待了很长时间。

最后他终于出来了，我正在外面等他。我把他拉进我的房间，关上了门。

“怎么样？”我焦急地问他。

富兰克林若有所思地说：“他真是个了不起的人。”

“哦，你说这个啊。没错——”我不耐烦地抛开这个不言自明的事实，“他的身体呢？”

“哦！他的身体？”富兰克林似乎很吃惊——就好像我提起了一件根本不重要的事，“哦！他的身体糟透了。”

我感觉这根本不像是职业医生描述病情的方式。可是我听说过——从朱迪斯那里听说——富兰克林上学的时候是他们那批学生里的佼佼者。

“怎么个糟糕法？”我焦急地询问道。

他看了我一眼。“你想知道吗？”

“当然。”

这个白痴在想些什么？

他几乎脱口而出。

“大多数人，”他说，“都不想知道。他们想要的是能安慰人的糖浆。他们想获得希望。他们想让大夫用小勺舀着安慰剂喂给他们吃。当然，令人瞠目结舌的神奇康复确实也偶尔发生，但是这种事恐怕不会发生在波洛的身上。”

“你是说——”我的心又一次变得冰凉。

富兰克林点点头。“嗯，是的，他的生命正在走向终点。而且在我看来，他的时间已经不多了。要不是他同意，我也不会告诉你。”

“那么就是说——他已经知道了。”

富兰克林说：“他知道了。他的心脏随时都有可能‘噗’的一声停止跳动。当然，谁也说不准是什么时候。”

他停了一下，然后慢慢地说：“我听他的意思，好像是担心有什么事还没做完，他说这件事是他的责任。你知道是什么吗？”

“是的，”我说，“我知道。”

富兰克林好奇地看了我一眼。

“他想完成他的工作再走。”

“我明白。”

我不知道约翰·富兰克林是否了解波洛要完成的工作到底是什么。

他缓缓地说：“我希望他能成功。从他的话来看，那件事对他意义重大。”他停了一下，然后接着说，“他的条理十分清晰。”

我焦急地问：“难道就没有什么能做的吗——治疗什么的？”

他摇摇头。“没有用了。他还有几安瓿[①] 的硝酸甘油，感到要犯病的时候可以使用。”

然后他提起一件奇特的事。

①一种密封的小瓶，容量一般为 1 ～ 25ml。

“他对人类的生命充满了尊重，对吧？”

“嗯，应该是吧。”

我无数次听到波洛说：“我不赞成杀人。”他那种轻描淡写的描述总让我感到奇怪。

富兰克林接着说：“这就是我们之间的差别。我没有……”

我好奇地看着他。他脸上浮现出淡淡的微笑，歪了歪头。

“没错，”他说，“既然死亡迟早都会到来，是早是晚又有什么关系呢？几乎没有什么区别。”

“如果你是这样认为的，那么你怎么当上大夫的呢？”我有点气愤地问他。

“哦，我亲爱的朋友，医术并不仅是为了帮人们躲避那个必将到来的终点，它还有着更重要的意义——它是要改善人类的生活。如果一个健康的人死掉了，没什么意义——没有太多意义。如果一个低能儿——一个白痴——死了，那就是件好事——但如果发现纠正垂体的方法，可以逆转甲状腺障碍，把低能儿变成健康的个体，那在我看来就是大好事。”

我越来越好奇地看着他。我仍然觉得，如果我得了感冒，肯定不会请富兰克林医生帮我看病，但我必须承认这个人具有极度的真诚和人格的力量。我发现自从妻子死后，他就变了。他没有表现出太多常人的悲伤。相反，他看起来似乎更加活跃、更加专注，似乎充满了新的能量。

他突然开口，打断了我的思绪。“你跟朱迪斯不是很相像吧？”

“嗯，她不太像我。”

“她像她母亲吗？”

我想了想，然后慢慢摇摇头。“也不太像。我妻子个性开朗，任何事情都不会放在心上——她想让我也变成那样，不过恐怕她没有成功。”

他淡淡一笑。“看来是的，你是家里的严父，对吧？朱迪斯这么说的。朱迪斯很少笑——她是个严肃的姑娘。也许是她的工作太多了吧。都怪我。”

他陷入沉思。我礼节性地说：“你的工作一定很有趣。”

“啊？”

“我说你的工作一定很有趣。”

“只有少数人才这么认为。对于别人来说，我的工作无聊透顶——也许他们是对的。算了——”他甩过头来，耸起肩膀，一下子变回了之前那个有阳刚之气的男子汉，“反正我的机会已经来了！天啊，我真想大喊出声。协会的人今天告诉我。那份工作还有空缺，我被聘用了。我十天后就出发。”

“去非洲？”

“对。这是项伟大的事业。”

“太快了吧。”我感觉有点震惊。

他盯着我。“你说什么——太快了？哦。”他的眉头舒展开来。“你是说芭芭拉刚去世我就离开？为什么不行呢？她的死对我来说是莫大的安慰，我有什么必要强装悲伤呢？”

我的表情似乎让他感到滑稽。

“恐怕我没有时间沉浸在世俗的悲伤里。我当初爱上了芭芭拉——那时的她是个非常漂亮的小姑娘——我娶了她，然后一年之后就不爱她了。我觉得她对我的爱可能持续得还没有我长。当然，她对我是失望的。她以为可以影响我，其实她不能。我是个自私而死心眼儿的粗人，想做什么就做什么。”

“但是你的确为了她拒绝了非洲的工作机会啊。”我提醒他说。

“是。不过那纯属是出于财务考虑。我一直按照芭芭拉习惯的那种生活标准照顾她。如果我当时去了非洲，她肯定会过得很拮据。不过现在——”他笑了，那是一种完全坦诚、孩子气的笑容，“我时来运转了。”

我感到很震惊。的确，对于很多男人来说，妻子过世算不上什么痛心的事，几乎所有人都知道这一点。但富兰克林的这番话也太过直白了。

他看到了我的表情，但似乎完全不为所动。

“事实，”他说，“是很少有人理解的。不过实话实说可以节省很多时间，也能省去不少的废话。”

我尖锐地说：“你的妻子自杀了，你难道一点儿都不难过吗？”

他若有所思地说：“我其实并不相信她是自杀的。几乎没有这种可能——”

“那你觉得她是怎么死的呢？”

他逼近我。“我不知道。我也不觉得我——想知道。明白吗？”

我盯着他。他的眼神坚硬而冰冷。

他又接着说：“我不想知道。我不——感兴趣。明白了吗？”

我明白——但是我不喜欢这个答案。

3

不知什么时候我注意到斯蒂芬·诺顿似乎有心事。问询后，他一直沉默寡言。葬礼结束后，他还是照常出去散步，只是双眼一直盯着地面，前额皱起。他总是习惯用手梳理头发，直到他灰色的短发都像蓬蓬头彼得[①]那样立得直直的为止。他这样的造型看起来很滑稽，却是他无意造成的，反映了他内心的纠结。你跟他说话的时候，他的回

①蓬蓬头彼得，十九世纪德国童话诗歌《蓬蓬头彼得》中的人物，作者是德国儿童精神病医生海因里希·霍夫曼。

答总是显得心不在焉。我终于明白，他一定是在为什么事情烦恼。我关心地问他是不是听到了什么不好的消息，他马上给出了否定的答案，于是这个话题就在这里停止了。

但过了没多久，他又找到我，试图用一种笨拙、拐弯抹角的方式询问我对于某件事的看法。

一如他以往说起严肃的事时一样，他有点结结巴巴地给我讲述了一个与道德有关的故事。

“你知道的，黑斯廷斯，事情的对错应该是很容易判断的——可是真正到了要判断对错的时候，似乎就没那么简单了。我是说，人们可能会遇上一些事——你知道，就是那种你本来不想遇上的事——意外遇见了，这种事对于你来说没什么实际的用处，可是或许十分重要。你明白我的意思了吧？”

“恐怕没太明白。”我坦白地说。

诺顿又皱了皱眉头。他又用手指捋了捋头发，而他的头发又像以往一样以一种滑稽的方式立起来了。

“这件事很难解释。我是说，假设你碰巧看到一份私人信件——不小心打开的——这封信本来是写给别人的，但你以为是写给你的，所以就开始读，因此你实际上就看到了一些你本不应该看到的东西。这种事可能发生，你知道的。”

“哦，是啊，当然可能发生。”

“唔，我是说，遇上这种事应该怎么做呢？”

“唔——”我想了想，“我觉得你应该找到当事人，告诉他：‘很抱歉我不小心打开了这封信。’”

诺顿叹了一口气。他说事情没有那么简单。

“你看，你可能看到一些令人难堪的事，黑斯廷斯。”

“你是说你看到了可能让另外那个人难为情的内容？你应该装作什么内容也没看到——或者说你及时地发现了自己的错误。”

“对。”诺顿停顿了一下然后说。我的答案似乎并没有让他满意。

他很不满意地说：“真希望我能知道该怎么办。”

我说我不知道还有什么别的办法。

诺顿依旧皱着眉头说：“你看，黑斯廷斯，这件事没有你说得那么简单。假设你读到的——呃，对另外一个人非常重要。”

我失去了耐心。“说真的，诺顿，我没弄明白你在说什么。无论怎么说你也不应该读别人的私人信件吧？”

“不，不，当然不能。我不是那个意思。再说我说的也不是什么信件的事。我只是举个例子好让你明白。意外看到、听到或者读到的东西当然要守口如瓶，除非——”

“除非什么？”

诺顿慢慢说：“除非是你应该说出来的事。”

我看着他，突然对这个男人说的事提起了兴趣。他接着说：“你这样想，假设你从一个……一个钥匙孔里看到什么事——”

钥匙孔！我想起了波洛！诺顿接着说：“我是说你有充分的理由去看那个钥匙孔——比如钥匙卡住了，你想看看钥匙孔里是不是塞了东西——或者别的什么充分的理由——而且你从来没有想到自己会看到那样的东西……”

有那么一会儿，我完全听不懂他在结结巴巴地讲些什么，因为我突然想起一件事。我记得有一天在一个长满草丛的小山上，诺顿举起望远镜去看一只褐斑啄木鸟。我还记得他当时脸色突变，而且怎么也不让我用望远镜看。当时我立刻断定他看到的事与我有关——我以为他看到的是阿勒顿和朱迪斯。但是如果他看到的不是呢？如果他看到的是截然不同的东西呢？我认为那是阿勒顿和朱迪斯，是因为我当时满脑子都是他们俩，别的任何事都想不到。

我突然说：“是你从望远镜里看到的东西吗？”

诺顿显得既惊讶又欣慰。

“你是怎么猜到的，黑斯廷斯？”

“是你、我和伊丽莎白·科尔在小山上那天吧？”

“是，没错。”

“你不想让我看到那个东西？”

“不。不是——呃，我是说那不是我们应该看的。”

“你看到的是什么啊？”

诺顿又皱起眉头来。“好吧。我应该说吗？我是说那毕竟——呃，是偷窥啊。我看到了本来不该看到的东西。我不是主动想看的——当时那边确实有一只褐斑啄木鸟——特别可爱，然后我又看到了别的。”

他停住了。我感到好奇，十分好奇，但我尊重他瞻前顾后的情绪。

我问：“那是——重要的事吗？”

他慢慢地说：“可能会重要。大概也就是这样了，我也不知道。”

我接着问：“跟富兰克林太太的死有关系吗？”

他惊呆了。“你竟然这么说，真奇怪。”

“那就是没有关系？”

“不……不，没有直接关系。但可能也有关系。”他慢慢地说，“那件事或许可以帮我们解释某些事。也就是说——哦，去他的吧，我不知道该怎么做才好！”

我进退维谷。我好奇心作祟，但也感到诺顿不愿意说出自己看到了什么。我可以理解。如果换成我的话，感受估计也是一样的。拥有这样一份在外人看来是通过可疑方式获取的信息，实在不是什么让人舒服的事。

然后我想起一个点子。

“为什么不找波洛问问？”

“波洛？”诺顿看起来有点怀疑。

“对啊，问问他有什么建议。”

“唔，”诺顿慢慢地说，“是个主意。只是，当然，他是个外国人——”他停住了，看上去非常尴尬。

我知道他是什么意思。我太熟悉他那套让人不舒服的“公平竞赛”论了。我怀疑波洛是不是根本就没想过要拿起观鸟镜！如果他想过的话，他一定会那样做的。

“他会为你保密的。”我鼓励他说，“而且如果你不喜欢他的建议，也没必要按他说的做。”

“这倒是。”诺顿说，眉头终于舒展开来，“你知道，黑斯廷斯，我想我应该去找波洛。”

4

我把这件事告诉了波洛。波洛的反应令我吃惊。

“你说什么，黑斯廷斯？”

他当时举着一小块吐司正要吃，听了我的话吐司都掉了。他向前探着脖子。

“告诉我。快点儿告诉我。”

我又重复了一遍刚才说过的那件事。

“他那天从望远镜里看到了什么东西，”波洛若有所思地重复道，“却不肯告诉你。”他伸出手抓住了我的胳膊，“他没跟其他人说过这件事吧？”

“应该没有吧。嗯，我确定他没跟别人说过。”

“你一定要非常小心，黑斯廷斯。他绝对不能把这件事告诉任何人——连暗示也不行。那样做会很危险的。”

“危险？”

“非常危险。”

波洛的脸色十分严峻。“跟他约一下，我的朋友，让他今天晚上过来见我。就是平常的串门，你明白的。别让别人怀疑他来是有什么特殊的原因。并且你一定要小心，黑斯廷斯，要非常非常小心。你说当时在场的还有谁？”

“伊丽莎白 · 科尔。”

“她发现他的举动有什么异常吗？”

我努力地回想。“说不好。她也许发现了什么吧。我要不要问问她——”

“你什么也不要说，黑斯廷斯——绝对不要说半个字。”

第十六章

1

我向诺顿转达了波洛的口信。

“我当然要上去见他。我非常愿意。不过你知道，黑斯廷斯，我现在已经有些后悔告诉你这件事了。”

“顺便问一句，”我说，“这件事你没跟其他任何人提起过吧？”

“没有——至少——不，当然没有。”

“你确定？”

“当然，我什么也没说过。”

“嗯，那就别跟别人说。见了波洛之后再说。”

他一开始回答我问题的时候，我注意到他语气中有些许迟疑，他之后的保证非常坚决，不过他开始的迟疑终究还是给我留下了很深的印象。

2

我再次登上了那座长满野草的小丘。已经有人在那里了。是伊丽莎白·科尔。我上坡的时候看见她转过头来。

她说："你看起来很兴奋，黑斯廷斯上尉。有什么好事吗？"

我努力让自己平静下来。

"不，不，什么事都没有。只是我走得快了喘不上气来。"我用素日平静的语气补了一句，"要下雨了。"

她抬头看了看天空。"是啊，看着像是。"

我们静静地在那里站了片刻。这个女人身上有一种让我十分怜惜的东西。自从她告诉我她的真实身份以及那场毁掉她人生的悲剧之后，我一直对她很有兴趣。两个不幸的人总是有很多共鸣之处。不过在我看来，她的青春并未真的逝去。我冲动地说："我一点儿也不兴奋，相反，我感到很悲哀。我得知了一个关于我老朋友的坏消息。"

"波洛先生的？"

她满怀同情的发问让我得以一抒胸臆。

我说完之后她轻声地说："我明白了。就是说——结局随时都有可能到来？"

我点点头，一个字也说不出来。

沉默了一两分钟之后我才说："等他也走了，我在这个世界上就真的是孑然一身了。"

“哦，不会啊，还有朱迪斯陪你——还有你其他的孩子们。”

“那些孩子都天各一方。至于朱迪斯——唉，她有她的工作，她不需要我。”

“我觉得孩子只有在遇到麻烦的时候才会想到父母。我希望你明白，这是永恒不变的规律。要说孤独，你没法跟我比。我的两个姐姐都在很远的地方，一个在美国，另一个在意大利。”

“我亲爱的姑娘，”我说，“你的生活才刚开始。”

“我三十五岁了，生活才刚开始？”

“三十五岁怎么了？我还希望我现在三十五岁呢。”我恶狠狠地接着说，“我可不瞎。”

她疑惑地看了看我，然后脸红了。

“你不会是觉得——哦！斯蒂芬·诺顿跟我只是普通朋友。我们有很多共同话题——”

“那不是很好？”

“他——他特别善良。”

“哦，亲爱的，”我说，“别以为那只是善意。我们男人不是那样的。”

但是伊丽莎白·科尔突然脸色转白。她用低沉的声音说：“你太残忍了——你看不出来吗？我怎么可能奢望——结婚呢？像我这种身世的人。我有一个杀人犯姐姐——不是杀人犯就是疯子。我也说不清哪个更糟。”

我坚定地说："别总想这个。记住，真相可能不是那样的。"

"你这话什么意思？那分明就是事实啊。"

"你难道忘了有一次对我说，'那不是玛姬'了吗？"

她倒吸一口气。"那是我的感觉。"

"感觉往往是——正确的。"

她盯着我。"你什么意思？"

"你的姐姐，"我说，"并没有杀死你的父亲。"

她手捂着嘴，眼睛惊恐地张大，看着我的眼睛。

"你疯了，"她说，"你一定是疯了。谁跟你这样说的？"

"那不重要，"我说。"我的话千真万确。有朝一日我会向你证明。"

3

我在宅子附近遇到了博伊德·卡灵顿。

"这是我在这里住的最后一晚了。"他告诉我，"我明天就搬走了。"

"要搬去奈顿了？"

"对。"

"真是可喜可贺。"

"是吗？大概是吧。"他叹了一口气，"算了，黑斯廷斯，实话跟你说吧，我很庆幸就要离开这里了。"

“这里的伙食的确非常糟糕，服务也不好。”

“我不是说这个。毕竟这里价格便宜，而且这样的小旅馆你也不能有太高的期望。黑斯廷斯，我说的不仅仅是这里的不便。我不喜欢这幢房子本身——它好像有一种不祥的氛围。这里是个是非之地。”

“对极了。”

“我不知道是怎么回事。也许一座房子发生过凶案之后就再也不会跟以前一样了……总之我不喜欢这里。先是勒特雷尔夫人的意外——运气糟透了。然后又是可怜的芭芭拉。”他停了一下，“我想她大概是这世界上最不可能自杀的人了。”

我犹豫了一下。“呃，恐怕也不应该这么说——”

他打断了我。“嗯，我觉得就是这样的。忘了那些解释吧，她死的前一天我大多数时间都跟她在一起。她精神很好——我们玩儿得非常开心。她只是担心约翰太过沉迷于实验，可能会做出什么过激的事来，比如拿自己做实验。你知道我怎么想的吗，黑斯廷斯？”

“不知道。”

“她丈夫应该为她的死负责。我估计是他跟她说了什么。她跟我在一起的时候一直很开心。他让她觉得是她阻碍了他宝贵的职业发展（好像他的职业真有多了不起！），就是这种压力让她崩溃了。那个家伙太无情了，几乎对一切事都无动于衷。他竟然还能冷静地告诉我说他要去非洲了。说真的，黑斯廷斯，要是最后证明真的是他杀了他的妻子，我一点儿都不会吃惊。”

“你不是认真的吧。”我尖锐地说。

“当然不是，我并不是在指控谁。不过你要听明白，这主要是因为，如果他是凶手，他肯定不会采取这种方式。大家都知道他在研究毒扁豆碱，所以按照常理来推断，如果说他要杀她，肯定不会用这个。但是不管怎样，黑斯廷斯，我不是唯一认为富兰克林有嫌疑的人。有知情人士向我提供了线索。”

“谁啊？”我认真地问。

博伊德·卡灵顿压低了声音：“克雷文护士。”

“什么？”我大吃一惊。

“嘘。别大嚷大叫的。没错，是克雷文护士告诉我的。你知道她很聪明。她不喜欢富兰克林——从一开始就不喜欢。”

我对此表示怀疑。在我看来，克雷文护士讨厌的是她的病人。我突然觉得克雷文护士肯定对富兰克林夫妇的情况有很多了解。

“她今晚在这里。”博伊德·卡灵顿说。

“什么？”我很惊讶。克雷文护士葬礼之后就离开了。

“就是在去照顾下一个病人之前暂住一夜。”博伊德·卡灵顿解释说。

“原来如此。”

克雷文护士的回归让我感到些许不安，但我说不出到底是因为什么。她回来是不是有什么原因？博伊德·卡灵顿说，她不喜欢富兰克林……

我镇定了一下，激动地说："她没有权利对富兰克林指指点点。毕竟是她提供的证据帮助陪审团做出了自杀的判定。还有波洛说看到富兰克林太太手里拿着一个瓶子从实验室里出来。"

博伊德·卡灵顿不耐烦地说："什么瓶子？女人永远都带着各种各样的瓶子——装香水的、装发油的、装指甲油的。你说她那天晚上拿着一个瓶子——那也不能说明她想自杀吧？真是一派胡言！"

这时阿勒顿走过来了，博伊德·卡灵顿这才停下。凑巧的是，这时远处戏剧性地传来一阵隆隆的雷声。我像以往一样想道，阿勒顿注定是演坏蛋的。

但芭芭拉·富兰克林死亡当晚他不在庄园。再说，他有什么动机要杀掉富兰克林太太呢？

但我突然想起，X从来没有杀人动机。而这正是他的优势。就因为这一点，而且仅仅是因为这一点，让我们的破案进程举步维艰。不过，真理之光随时都可能点亮。

4

我要在此重申，我从来没有想过波洛会失败。在波洛与X的较量中，我从来没有想过存在X最终胜出的可能性。尽管波洛虚弱多病，我还是坚信他将是最终的胜利者。你们应该明白，我已经习惯了波洛获胜。

但波洛自己首先让我的这个想法产生了动摇。

我晚饭前去看他。我忘记了当时怎么说起的，但他突然提到“如果我出了什么事情的话”。

我立刻大声表示抗议。你不会出事的——不会出任何事。

“好吧，那就是你没有认真听富兰克林医生的话。”

“富兰克林不懂。你的日子还长着呢，波洛。”

“这个可能也不是没有，我的朋友，只是希望渺茫。不过我现在说的是眼前的具体情况，不是泛泛而谈。虽然我的死期已近，但恐怕还是不会像我们的朋友X所希望的那么快。”

“什么？”我面露惊恐之色。

波洛点点头。“是的，黑斯廷斯。毕竟X是很聪明的——可以说十分聪明。他不可能没有意识到我的人生即将结束，而如果我的死期可以提前几天到来，那将给他带来无法估量的好处。”

“可是——可是——会发生什么呢？”我大惑不解。

“指挥官阵亡的时候，副手要顶上来。你要继续下去。”

“我怎么行？我根本一无所知啊。”

“我已经做了安排。如果我有什么差池，我的朋友，这里有——”他边说边拍了拍他身旁锁着的公务箱，“这里有你需要的所有线索。我已经做好了一切安排。”

“其实没有必要那样折腾。你现在就告诉我整件事的来龙去脉吧。”

“不行，我的朋友。你不知道我所知道的事，这一点现在对我们十分重要。”

“你给我留了一份书面的叙述？”

“当然没有。那样可能落在 X 手里。”

“那你留下了什么？”

“实物的线索。对于 X 来说，这些东西没有任何意义——你可以相信这一点——但有了这些，你就可以发现真相。”

“我不明白。你的想法怎么这么复杂啊，波洛？你总是喜欢把每件事都搞得很复杂。一贯如此！”

“所以我是出于自己的偏好才这么做的，你是这个意思吗？也许吧。不过你放心，我的线索会带领你找到真相的。”他停了一下，然后接着说，“也许到了那个时候你就希望它们不要带领你发现这些了。到时候你就会说：‘放下帷幕吧。’”

他的语气让我再次感到恐惧。就好像在某个地方，就在我看不见的某处，存在着一个我不愿看到的事实——一个我不愿承认的事实。而实际上在我内心深处，我已明白无疑……

我抛开这种感觉，下楼去吃晚饭。

第十七章

1

晚餐气氛很愉快。勒特雷尔太太已经可以下楼了，她那做作的爱尔兰式欢乐情绪也回来了。富兰克林与之前相比明显开朗活跃了很多。克雷文护士穿了一件便服，这还是我第一次见她没穿护士制服的样子。放下了职业所必需的拘谨，克雷文护士的确是一个非常有魅力的姑娘。

晚餐后，勒特雷尔太太提议打桥牌，不过最后我们玩起了不受人数限制的纸牌游戏。大约九点半，诺顿提出想要上楼去见波洛。

“好主意，”博伊德·卡灵顿说，“真可惜他近来身体不适。我一会儿也上去。”

这时我必须采取行动了。

“你看，”我说，“希望你别介意——如果同时跟一个以上的人交谈，会让他感到非常疲倦的。”

诺顿明白了我的用意，也赶忙说：“我答应借给他一本关于鸟类的书。”

博伊德·卡灵顿说：“好吧。你一会儿还回来吗，黑斯廷斯？”

“回来。”

我跟诺顿上了楼。波洛正在等待。我简单说了两句就又回到楼下，接着玩拉米纸牌游戏[①]。

我感觉斯泰尔斯庄园今晚无忧无虑的气氛似乎让博伊德·卡灵顿不太舒服。也许是他觉得悲剧才发生不久，大家忘记得也太快了。他一直心不在焉，经常忘了自己在做什么，最后终于找了个借口不玩儿了。

他走到窗边打开窗子。远处可以听见隆隆的雷声。附近有什么地方在下雷雨，只是还没下到我们这里。他关上窗子，又回到我们身边，站着看我们玩了一会儿，然后就出去了。

我差一刻十一点上楼睡觉，没有去找波洛。他也许已经睡着了。而且我也不愿意再去想斯泰尔斯庄园里发生的一件件事。我想马上睡去——好好睡一觉，把所有的事情都忘掉。

我正迷迷糊糊的时候，被一声响动惊醒了。我感觉像是有人在敲我的房门。我应了一声“请进”，但是没有人应声。我打开灯，从床上下来，走到门口朝走廊里看。

---

①英文 rummy，基本玩法是组成三四张同点的套牌或不少于三张的同花顺。

只见诺顿从卫生间出来，正往他自己房间的方向走。他穿着一件条纹睡衣，衣服的颜色十分怪异，头发还是一如既往地翘着。他进屋关上了门，紧接着就传来门锁里钥匙转动的声音。

头顶又传来轰轰的雷声。暴雨离我们越来越近了。

我重新回到床上，刚才钥匙转动的声音让我感到一丝不安。

我隐约觉得这声音的背后隐藏着不祥的可能性。诺顿难道晚上睡觉都要锁门的吗？还是波洛建议他这么做的？我突然惊恐地想起波洛的房门钥匙曾经神秘失踪。

我躺在床上，心里的不安逐渐加重，天空中的暴雨让我更加紧张。我最后还是决定起床锁上我的房门，然后才回到床上睡觉。

2

早餐前我先去看波洛。

我惊讶地发现躺在床上的他此时显得病情十分严重。他的脸上写满了疲惫和虚弱。

“你还好吧，老伙计？”

他耐心地冲我笑笑。“还活着，我的朋友。我还活着。”

“不疼吧？”

“不疼——就是累——”他叹了一口气，“特别累。”

我点点头。“昨天晚上怎么样？诺顿告诉你他那天看到了什么吗？”

“他说了，是的。”

“他说了什么啊？”

波洛若有所思地久久地盯着我，然后才回答：“黑斯廷斯，我不知道是不是应该告诉你。你可能会误解。”

“你在说什么？”

“诺顿，”波洛说，“告诉我说他看到两个人——”

“朱迪斯和阿勒顿，”我叫出声来，“我当时就觉得是他们俩。”

“不对。不是朱迪斯和阿勒顿。我不是跟你说了你会误解吗？你就是一根筋。”

“对不起，”我略带羞愧地说，“告诉我吧。”

“我明天告诉你。我想先回想一下。”

“他说的——对案情有帮助吗？”

波洛点了点头，之后便闭上眼睛，仰躺在枕头上。

“案子结束了。没错，结束了。只剩下一些细枝末节有待确认。先去吃早餐吧，我的朋友。你出去的时候让科蒂斯进来。”

我如他所说下了楼。我想找诺顿。我非常好奇他到底跟波洛说了什么。

潜意识里我还是高兴不起来。案情告破似乎并未让波洛感到高兴，这让我很不舒服。为什么到这个时候还要对我保密呢？为什么他会流露出一股无法言喻的忧伤呢？这一切的真相又是什么？

诺顿没来吃早餐。

早餐后，我到花园里散步。暴风雨后空气清新凉爽。我注意到昨天晚上雨很大。博伊德·卡灵顿在草坪上漫步。我很高兴还能见到他，并且希望可以对他直言相告。我一直都想这样做。我现在有强烈的冲动想把事情告诉他。波洛真的不适合再这样独自支撑了。

今天早上博伊德·卡灵顿看起来精力充沛，自信满满，以至于我一看到他就感到一阵温暖和安慰。

“你今天起晚了。”他说。

我点点头。“昨天睡晚了。”

“昨天晚上下了些雨。听见了吧？”

我这才意识到，我昨晚睡着之后雷声似乎就没停。

“我昨天晚上不太舒服，”博伊德·卡灵顿说，“今天觉得好多了。”他伸展胳膊，伸了个懒腰。

“诺顿呢？”我问他。

“估计还没起呢。懒虫。”

我们不约而同地抬眼望去。我们站着的地方就在诺顿房间窗子的下方。我十分惊讶，因为整个墙面上只有诺顿房间的窗子还关着。

我说：“真奇怪。他们忘记叫他了？”

“怪事。但愿他没生病。我们上去看看。”

我们一起上了楼。在走廊里遇到一位侍女，她是个看上去傻乎乎的姑娘。我们问她是不是没有叫诺顿起床，她回答说她敲过门了，但是诺顿没有应答。她敲了一两次，但是诺顿似乎根本没听到。他的门是锁着的。

我心中立即升起一种不祥的预感。我急促地敲着房门，一边大声叫着：“诺顿——诺顿！起床了！”

我不安的感觉越发强烈，再一次猛地敲打门扉。“起床了……”

3

显然诺顿是不会来开门了，我们立刻去找勒特雷尔上尉。他听我们讲完，蓝色的眼睛中现出一丝惊恐，狐疑地捋着胡子。

素来行事果断的勒特雷尔太太毫不犹豫。

“你们必须想办法把门打开，没有更好的办法了。”

于是我平生第二次见到斯泰尔斯庄园一间房屋的屋门被撬开。这一次门后展现出来的景象跟第一次一样。暴力死亡。

诺顿穿着睡衣躺在床上。门钥匙装在他的口袋里。他手中拿着一只足以致命的小手枪。脑门儿的正中心有一个小孔。

我一时说不出这景象让我想起什么。那是一件有些年头的东西了……

我太累了，根本想不起来。

我走进波洛的房间，他看到我的脸。

他赶紧说："发生什么事了？是诺顿出事了吗？"

"他死了！"

"怎么死的？什么时候？"

我简要地把情况告诉他。

我最后没精打采地说："他们说是自杀。否则还能是什么呢？门是锁着的，窗户是关着的，钥匙在他口袋里。真奇怪！我明明看见他进了屋，还听见他锁门。"

"你看见他了，黑斯廷斯？"

"没错，就是昨晚。"

我又解释了我看到的情景。

"你确定那是诺顿？"

"当然。就冲那件难看的睡衣，我到哪儿都认识他。"

波洛瞬间恢复了平日的神采。

"啊，但你识别的是人，不是睡衣啊。真是的！那件睡衣任何人都可以穿啊。"

"没错，"我慢慢地说，"我是没看到他的脸。但是他的头发我肯定不会认错，还有他走路微跛的样子——"

"任何人都可以装作微跛，天啊！"

我惊讶地看着他。"你想说什么呢，波洛？你是说我看到的不是诺顿？”

“我没有这个意思。我只是不高兴你用这么缺乏科学性的证据证明你看到的就是诺顿。当然，我并没有说那肯定不是诺顿。那很难是其他人，因为这里的每个男人都很高——都比诺顿高很多——毕竟身高是没法伪装的——根本没办法。我估计诺顿的身高只有五英尺五英寸。尽管如此，这件事还是很蹊跷，是吧？他进了自己的房间，锁上门，把钥匙放进口袋，然后被人发现口袋里揣着钥匙自杀身亡。”

“你是说你不相信他会自杀？”

波洛慢慢摇摇头。“不相信，”他说，“诺顿不是自杀的。他是被人蓄意谋杀的。”

4

我浑浑噩噩地下了楼。这件事太令人费解了，我希望大家可以原谅我的不知所措。我彻底晕了。脑袋根本不好使。

但整件事又十分符合逻辑。诺顿被杀了——为什么？为了不让他将看到的事说出去，至少我是这么认为的。

但他已经把他看到的事讲给另一个人听了。

所以那个人也在危险中……

他不仅身陷险境，而且十分无助。

我早就应该知道的。

我早就应该预见到的。

“老朋友啊！”我出门时波洛对我说了一句。

这是我听到波洛说过的最后一句话。因为当科蒂斯前来照顾他时，发现主人已经去世了……

第十八章

1

写到这里，我不想写下去了。

您应该明白，我一点儿也不想去回忆这件事。赫尔克里·波洛死了——亚瑟·黑斯廷斯也从此变成了行尸走肉。

我会不加修饰地陈述简单的事实。我只能做到这些了。

他们说，他是自然死亡的。也就是说，他死于心脏病发作。富兰克林说，他之前就料到波洛的生命会以这样的方式结束。显然诺顿的死给他带来了很大的刺激。也许是由于疏忽，出事时他床边并没有硝酸甘油。

真的是由于疏忽吗？还是有什么人故意拿走了波洛的救命药？不对，事情应该没有这么简单。X 不可能算到波洛会犯心脏病。

您也能看得出来，我拒绝相信波洛是自然死亡。他是被人杀死的，正如诺顿是被人杀死的，芭芭拉·富兰克林也是被人杀死的。而且我还不知道他们为什么会被杀——

我不知道是谁杀了他们!

陪审庭认定诺顿的死因是自杀。唯一的疑点是给诺顿进行尸检的医生提出的，他说自杀的人一般不会把枪口对准自己的额头正中。但所剩的疑问也不过仅此而已。门是从里面反锁的，钥匙在死者的口袋里，窗户关得严严实实，死者手里还握着枪。似乎诺顿死前曾抱怨自己头痛，而且最近他的一些投资项目情况不太好。这些都很难成为让人自杀的理由，但警方必须找出个理由来解释诺顿的死因。

那把枪显然是诺顿的。斯泰尔斯的女服务员曾经两次在他的衣柜里见过这把手枪。于是这个案子就这样了结了。这又是一起天衣无缝的罪行，因为的确没有其他合理的解释。

在波洛与 X 的对决中，X 最终胜利了。

现在只剩下我了。

我从波洛的房间里拿走了那个公务箱。

我知道他已经安排我做他遗愿的执行者，所以我完全有权这样做。钥匙就在他的脖子上挂着。

我回到自己的房间打开了箱子。

打开的一瞬间我就吓了一跳。装着 X 相关案件材料的文件夹不翼而飞了。一两天前波洛锁上箱子的时候，我还亲眼见过它们就在箱子里。不用问，这一定是 X 搞的鬼。要么是波洛亲自销毁了那些文件（几乎不可能），要么就是 X 干的。

X。X。那个该死的恶魔 X。

但箱子也不是空空如也。我记得波洛保证说，我会在箱子里发现其他 X 看不出来的线索。

这些东西是线索吗？

箱子里有一本莎士比亚的戏剧《奥赛罗》，是一本便宜的小开本。还有一本书是圣约翰·欧文的戏剧《约翰·弗格森》。这本书的第三幕夹着一个书签。

我望着这两本书发呆。

这就是波洛留给我的线索——而我却完全不明白这两本书想说明什么！

它们可能是什么意思呢？

我唯一能想到的就是某种密码。跟这两部戏剧有关的词语密码。

但如果真的是这样，我该怎么破解呢？

书中没有一个单词或者一个字母标记。我尝试给这两本书轻微加温，也没有效果。

我认真读了《约翰·弗格森》的第三幕。这一幕十分精彩。“低能”的克鲁蒂·约翰有大段的独白台词，结尾是年轻的弗格森要去寻找那个诬陷他姐姐的人。人物刻画具有大师级的水平——可是波洛留这本书给我应该不是为了提高我的文学品位吧！

然后，就在我随手翻书页时，一张纸条掉了出来。纸条上面是波洛的笔迹。

“去找我的随从乔治。”

嗯，终于找到一点儿东西了。也许破解密码的钥匙——如果波洛留的线索是密码的话——在乔治那里。我必须拿到他的地址，尽快去见他。

但首先我还是要怀着悲痛埋葬我亲爱的朋友。

这里是他初到英国时曾经生活过的地方。他最终还是要在这里长眠。

朱迪斯这些天对我很好。

她花很多时间陪在我身边，帮我打理各种事。她的态度温柔，充满同情。伊丽莎白·科尔和博伊德·卡灵顿对我也很好。

伊丽莎白·科尔对诺顿之死的反应没有我想象的那么激烈。要不然就是她内心十分悲痛，但没有流露出来。

事情就这样结束了……

2

没错，这件事我还是要写下来。

非说不可。

葬礼结束了。我跟朱迪斯坐在一起，想为接下来的生活做一下大致的规划。

于是她说：“可是，亲爱的爸爸，我不会待在这里了。”

“不会待在这里？”

“我要离开英格兰了。”

我盯着她。

“我之前不想跟你说，父亲。我不想让你更加难过。但是这件事你必须知道。我希望你不要太介意。我要去非洲了，跟富兰克林一起。”

我大发雷霆。绝对不行。她绝对不能做这样的事。所有人都会说闲话的。富兰克林的妻子还在世的时候在英国做他的助理是一回事，跟他一起去非洲就是另外一回事了。这件事根本不能做，我会坚决阻止。朱迪斯绝对不能做这样的事！

她没有打断我，而是让我说完，之后报以淡淡的一笑。

“可是亲爱的，”她说，“我这次去不是做他的助理。我要做他的妻子。”

我一瞬间感觉天旋地转。

我说——或者说是结结巴巴地蹦出几个字：“阿……阿勒顿呢？”

她看起来有些被逗笑了。“根本就是没有的事。如果不是你惹我生气，我早就告诉你了。再说，我当时就是想让你以为，唔——和你想象中一样。我不想让你知道我是和——约翰。”

“但是我有一天晚上看到他亲你——就在露台上。”

她不耐烦地说：“哦，是有这么回事。我那天晚上感觉糟糕极了。这种事也没什么奇怪的，你应该明白的吧？”

我说：“你现在还不能跟富兰克林结婚——这么快。”

“不，我能。我想跟他出国，而且你也说了，这样容易一些。我们不用再等下去了。”

朱迪斯和富兰克林。富兰克林和朱迪斯。

您能理解当时我脑海中的想法吗——那些在我脑海深处已经深藏多时的想法？

朱迪斯手里拿着药瓶，朱迪斯用富有激情的年轻声音宣布无用的生命就应该为有用的生命让路——那个我和波洛都深爱着的朱迪斯。诺顿看到的那两个人——是不是就是朱迪斯和富兰克林？但如果是这样——如果真是这样——不，不可能。不是朱迪斯。也许是富兰克林——一个奇怪的人，一个无情的人，一个只要下定决心就可能多次行凶的人。

波洛生前曾找过富兰克林咨询病情。

为什么？他那天早上对他说了什么？

反正不是朱迪斯。不是我那个可爱的、严肃的、年轻的朱迪斯。

但波洛的表情太奇怪了。还有他说的话：“到时候你就会说：‘放下帷幕吧。’……”

突然一个新的念头在我脑海中升起。太可怕了！不可能！难道整个X的故事都是编造的？难道波洛来到斯泰尔斯就是因为他害怕富兰克林夫妇的悲剧？难道他来这里就是为了守护朱迪斯？难道这就是他坚定地没有对我透露任何内情的原因？就因为全部关于X的故事都是编造的烟幕？

难道整个悲剧的核心就是朱迪斯，我的女儿？

奥赛罗！富兰克林太太去世的当晚，我从书架上取下来的就是《奥赛罗》。难道这是一条线索？

正像某人所说，那晚朱迪斯看起来跟与她同名的那个女英雄砍掉霍洛芬头颅之前一样。难道朱迪斯——心怀杀机？

第十九章

我是在伊斯特伯恩写下这些文字的。

我来到这里是为了见波洛之前的侍从乔治。

乔治跟随波洛多年。他务实能干，绝没有任何想象力。他说话办事永远是有一说一，从不添油加醋。

我对他说："他是不是在你这儿留了什么东西给我？"

乔治立即回答说："给你的东西，先生？没有，我不知道有这样的东西。"

我很惊讶，又继续追问，但他十分确定。

我最后说："也许是我误会了。唔，那就算了吧。要是你在他最后的时刻陪在他身边就好了。"

"我也是这样希望的，先生。"

"不过既然你父亲生病了，你还是应该守在父亲身边的。"

乔治奇怪地看着我。他说："对不起，先生，我没听明白你刚才说什么。"

"你是为了照看父亲才不得不离开他的，对吧？"

“不是我想离开的，先生，是波洛先生让我走的。”

“他让你走的？”我十分惊讶。

“先生，我不是说他辞退我。我们约定的是我过一段时间之后会再回到他身边。但的确是他让我暂时离开他的，而且在我陪老父亲这段时间，他还在给我发薪水。”

“但是为什么，乔治，为什么？”

“我真的说不出来，先生。”

“你没问吗？”

“没有，先生。我觉得这不是我应该问的。波洛先生总是有他自己的想法，先生。我觉得他是位非常有智慧的绅士，十分受人尊敬。”

“是，没错。”我心不在焉地嘟囔着。

“他对着装十分讲究——虽然总是十分花哨，或者带点儿异域情调，如果您明白我的意思。不过当然，这是可以理解的，毕竟他是外国人。还有他的头发和胡子。”

“啊，他那有名的胡子。”我想到他对自己胡子的骄傲之情，心中不由得涌起一股酸楚。

“他对胡子十分在意，”乔治接着说，“虽然造型不是很时髦，但是很适合他，您能明白我的意思吧？”

我表示明白。然后我轻轻说：“是不是他把头发和胡子都染了？”

“他——呃——胡子稍微染了染——不过头发没染——最近几年没有。”

“胡说，”我说，“他头发乌黑乌黑的——看着就像假发那么不自然。”

乔治带着歉意咳了一声。“对不起，先生，那就是假发。这几年波洛先生头发掉得厉害，所以就戴了假发。”

侍从竟然比最亲近的朋友了解得还多，真是奇怪。

我回到那个让我疑惑的问题。

“可是你真的不知道为什么波洛先生让你先离开他一段时间？想一下，伙计，思考思考。”

乔治努力想了又想，但他很显然不太擅长思考。

“先生，我只能猜测，”他最后说，“他之所以让我离开，是为了雇用科蒂斯。”

“科蒂斯？为什么他要雇用科蒂斯？”

乔治又咳了一下。“呃，先生，其实我也说不清。我见到他时觉得——对不起——他好像不是特别机灵。当然，他身体很强壮，但我觉得他恐怕不是波洛先生喜欢的那种类型。我知道他曾经在一家精神病院当过助理。”

我盯着乔治。

科蒂斯！

也许这就是波洛执意不告诉我内情的原因？科蒂斯，这个我唯一从来没有想到过的男人！是啊，波洛一直乐于让我觉得那个神秘的 X 就在斯泰尔斯的房客之中。但实际上，X 不是房客。

科蒂斯！

曾经在精神病院当过助理。我是不是在什么地方读到过，精神病院的患者有时会留下来，或者回到精神病院里当助理？

那个奇怪、愚钝、呆滞的男人——一个可能出于某个他自己的奇怪原因杀人的男人……

如果是这样——如果是这样……

如果是这样，一切疑云就都解开了！

科蒂斯？

后记

亚瑟·黑斯廷斯上校注：以下手稿是我在我的朋友赫尔克里·波洛去世后四个月得到的。一家律师事务所的人找到我，让我到他们办公室去一趟。在那里，“依据本所已故客户赫尔克里·波洛先生的指示”，他们交给我一个封好的包裹。此处是包裹中的内容。

赫尔克里·波洛手稿：

我亲爱的朋友：

你读到这些文字时，我已经去世四个月了。对于是否要写这样一份东西，我内心一直是很矛盾的。我最终决定有必要让人了解第二起“斯泰尔斯事件”的真相。另外，我猜想当你读到这份手稿的时候应该已经被各种荒谬至极的想法所困，或许还感到十分痛苦。

但是让我向你说明：我的朋友，你应该轻而易举地找到真相的。我已经给你留下了一切你需要的提示。如果你像以前的每次一样，还是没有发现真相，那是因为你的本性太过美好，太容易轻信他人了。真是始终如一。

但是你至少应该知道是谁杀了诺顿——即便你还没弄明白是谁杀了芭芭拉·富兰克林。后者死亡的真相或许会让你震惊。

从头开始。正如你所知的，我派人请你来到斯泰尔斯庄园。我告诉你我需要你。那是真话。我告诉你我要你做我的耳目。那也是真话，千真万确——虽然你的理解可能跟我的意思不同！我请你过来是要你看到我想让你看到的，让你听见我想让你听见的。

你抱怨说我对案情的介绍“不公平”。我没有把掌握的信息完全告诉你，也就是说，我拒绝告诉你X的身份。的确如此。我必须这样做——虽然真正的理由并非我向你解释的那样。理由我稍后自会说明。

现在让我们来分析一下这个X。我向你介绍了几起案子的情况。我指出，在每起案件中，被控嫌犯或者嫌疑人行凶的事实都清晰无误，没有任何其他的可能。然后我接着提出了第二个重要的事实——在每起案子中，X不是在场就是在案发现场附近。于是你就做出了一个既真又假的推测。你说，所有罪行都是X犯下的。

不过，我的朋友，案发当时的环境决定了在每起案件中（或者几乎每起案件中）只有被控的嫌疑人才可能行凶。但另一方面，既然事情是这样，那么X又扮演着怎样的角色呢？除了与警方或者刑事案件律师有关的人员之外，很难有人同时牵扯五起杀人案。你可以想到，这样的事情少之又少！绝对、从来没有一个人自信地说过：“嗯，实际上，我真的认识五个杀人犯！”不，不，我的朋友，那是不可能的。所以我们就得到了这样一个有趣的结论，也就是我们在寻找的是一个催化剂——两种物质仅有在第三种物质存在的情况下才能发生反应，而这第三种物质显然没有参与反应，并且也没有发生任何变化。这就是这个案子的基调。它意味着X出现的地方就会有罪行发生——但X并没有主动参与这些犯罪。

这是多么特别、反常的情况啊！我发现，在我的职业生涯接近尾声的时候，终于遇见了一个完美的凶手，这个凶手所创造的手段可以确保他本人永远不会因犯罪而受到惩罚。

的确十分奇特。但这样的手段并不新鲜，类似的情况古已有之。这时我给你留的第一条“线索”就要派上用场了。戏剧《奥赛罗》。这部作品对人物的刻画极为精彩，其中就出现了X的原型。一个完美的凶手。苔丝狄蒙娜的死、凯西奥的死——的确，包括奥赛罗本人的死——都是伊阿古所为，都是他精心策划、亲自实施的。并且他仍然能置身世外，不会受到怀疑——也不可能受到怀疑。我的朋友，于是贵国伟大的作家莎士比亚不得不面对他自己造成的一个两难局面。要拆穿伊阿古的真相，他只能借助于一些笨拙的道具——比如那块手帕——而这种东西与伊阿古惯用的手段根本不相符，并且我确信他肯定不会犯下这样的错误。

是的，那就是犯罪艺术的最高境界。甚至不需要任何直接的表示。他总是制止他人的暴力行为，装作惊恐地挑起人们心中并不存在的猜忌！

同样的手段也见于《约翰·弗格森》精彩的第三章，其中讲述了“白痴”克鲁蒂·约翰如何引诱别人去杀死一个他自己讨厌的人。这是对心理暗示的绝佳描述。

现在你应该意识到了，黑斯廷斯。每个人都是潜在的杀人犯。每个人心中都会时不时地生出杀人的意愿——虽然不是杀人的意志。我们经常会感觉或者听到别人说：“她让我怒不可遏，真恨不得杀了她！”“他竟然说我这个那个，杀了他都不过分！”“我气急了，差点儿杀了他！”以上这些表述全部千真万确。在这样的时候，人的头脑是十分清醒的。你想要杀死某人。但你没有付诸实施。你的意志要凌驾于你的欲望之上。对于小孩子来说，这样的控制机制还不够健全。我知道这样一个孩子，被他的小猫惹急了，说“站住别动，否则我就砸你的头把你打死”，然后他真的这样做了——没过多久，他就意识到他的小猫咪已经永远离开他了，于是惊慌和恐惧从心底升起，因为这个孩子其实很喜欢他的小猫咪。也就是说，我们所有人都有杀人的潜质。而X的手段就是这样，他并不直接挑起你杀人的欲望，而是击毁你抵制杀人行为的意志。这是一种经过多年实践不断完善的技巧。X知道用哪个字、哪个词、甚至哪个声调可以成功地对他人的弱点施加压力。这是可行的。他这种手段让受害者根本没有察觉。他用的不是催眠术——催眠术不可能成功。这是一种更为阴险、更为致命的技巧。他利用人类内心的力量去拉大裂缝，而不是修补伤痕。这种技巧调动人性中最美好的东西，并使之与人心中最卑劣的部分为伍。

你应该明白的，黑斯廷斯，因为你也曾经中过招……

现在你或许开始明白我那些让你恼怒的话其实是什么意思了。我说有罪行将要发生，并不是指同一起罪行。我告诉你我来斯泰尔斯是有原因的。我说我来斯泰尔斯是因为这里将发生一起罪行。当时你对我如此确定表示惊讶。但我之所以能如此确定，就是因为那罪行，将由我亲自犯下……

是的，我的朋友——的确很奇怪——很可笑——也很可怕！反对杀人的我——珍视生命的我——以杀人结束了我的职业生涯。也许是因为我太过自以为正义，太过重视公道，以至于我不得不面对这样可怕的两难抉择。因为，黑斯廷斯，这件事有两面。我人生的使命就是拯救无辜——阻止罪行——而这次，我只能以这样的方式来实现这样的目标！要知道，法律无法制裁X。他是安全的。我想不出任何其他方式可以击败他。

尽管如此，我的朋友，我还是不愿杀人。我明白自己必须做的事——但我下不了手。我就像哈姆雷特——不断将那个行恶之日延后……于是对方先出手了——也就有了勒特雷尔太太遇袭。

黑斯廷斯，我当时很想看看你那知名的判断天赋是否会发挥作用。它的确起作用了。一开始，你稍微有点儿怀疑诺顿。而且你是对的，那个人就是诺顿。你没有任何理由能证明你的判断——除了那个完全正确但有些心不在焉的解释，就是诺顿看起来不起眼。那时候，我觉得你已经很接近真相了。

我认真调查过他的身世。他是家中的独子，母亲控制欲极强，对他颐指气使。他似乎从来没有表达过自己的任何立场，或者表现出用自己的个性影响他人的天赋。他走路一直有些跛，上学的时候没办法参加体育活动。

你曾经告诉过我关于他的一条重要的信息，那就是他曾经因为看见一只死兔子而差点儿晕倒，由此受到同学的嘲笑。我觉得那件事对他影响很深。他厌恶流血和暴力，并因此受到他人的轻视。我认为，他内心里一直等待着自我救赎的机会，而方法就是变得冷酷无情。

我想他在很年轻的时候就发现了自己影响别人的能力。他善于聆听，而且性格安静，富有同情心。人们都很喜欢他，却不了解他。他讨厌这一点——然后加以利用。他发现只要说正确的话，再对对方施以正确的刺激，就可以轻而易举地影响他们的行为。要做到这一点只需要了解他们——要深入他们的思想，看清他们微妙的反应和隐秘的愿望。

黑斯廷斯，你能否理解这样一个发现给这个年轻人带来了怎样的力量感？他，斯蒂芬·诺顿，这样一个所有人都喜欢却又轻视的小人物，居然可以让别人做出他们不想做——或者（注意这一点）以为他们不想做的事。

我可以想象到他是如何发展自己的这一爱好……并渐渐地形成一种对二手暴力的病态嗜好。他缺少亲自实施暴力所需要的体力，并因此而受到嘲笑。

是的，他的这一嗜好日益膨胀，直至成为一种狂热的感情、他生活的必需品！就像毒品，黑斯廷斯——像鸦片或者可卡因一样让人渴望的毒品。

诺顿，这个温顺善良的男人，内心其实是个嗜虐者。他是从痛苦和精神折磨中获取快感的瘾君子。这些年，痛苦和精神折磨在世界上泛滥成灾——而且愈演愈烈。

这满足了他的两种欲望——施虐的欲望和对权力的渴求。他，诺顿，执掌着生杀予夺的大权。

像其他吸毒成瘾者一样，他必须有稳定的毒品供应源。他不断寻找着受害者。我可以肯定，由他一手造成的惨剧绝对比我追踪到的五起要多。在每一起案件里他都扮演了同样的角色。他认识艾泽灵顿；他曾在里格斯一家居住的村子里住过一个夏天，还曾在村子的酒馆里和里格斯喝过酒；在一次观光途中他结识了弗里达·克雷，他让她坚定地相信她姑妈的死是一件好事——既让姑妈得以解脱，又减轻了家庭的经济负担，也能让她自己重新找回生活的快乐。他是里奇菲尔德一家的朋友，并通过谈话让玛格丽特·里奇菲尔德将自己视为一个将姐妹们从终身监禁的痛苦生活中解救出来的女英雄。如果没有诺顿的影响，黑斯廷斯，我不相信这些人会做出这种杀人害命的事。

现在我们来说说斯泰尔斯庄园发生的事吧。我跟踪诺顿有一段时间了。他结识富兰克林一家之后我就感觉事情不对。你要明白，即便是诺顿也要找到一个由头。如果没有矛盾的种子，很难挑起是非。比如在《奥赛罗》剧本里，我一直认为奥赛罗本人早就有这样的想法（或许他也是对的），即苔丝狄蒙娜对他的爱与其说是一个女人对一个男人的爱情，倒不如说是一个年轻姑娘对一个著名勇士的崇拜。他或许意识到，凯西奥才是她真正的伴侣，而且她早晚会意识到这一点。

对于诺顿来说，富兰克林一家是他下手的绝佳对象。各种各样的可能性简直数不胜数！你现在应该已经明白了，黑斯廷斯——毕竟这种事明眼人一看就能明白——富兰克林和朱迪斯是彼此相爱的。他行事方式粗暴无礼，从来不正眼看她，几乎根本不屑于表示任何礼节，这些都表明这个男人深深地爱着她。但富兰克林性格坚强正直。他的话语虽然冷酷无情，但他做人很有原则。他坚信，一个男人既然选择了妻子，就应该终生不渝。

朱迪斯也深深地爱着他，但也因此而闷闷不乐，我想这一点就连你也应该看出来了。那天你在玫瑰园看见她的时候，她以为你已经发现了事情的真相，于是才有了她愤怒的爆发。像她那样性格的人不能忍受别人的怜悯或者同情。你当时的行为就像是在触碰一道尚未愈合的伤口。

之后她才意识到，你认为阿勒顿才是她的情郎。她故意让你维持这样的看法，免得你再用笨拙的方式表达你的同情，继续触碰她的痛处。

她和阿勒顿调情不过是绝望之人在寻求安慰。她很清楚他是什么样的人。她觉得阿勒顿很有趣，但从来没有对他有任何爱慕的感情。

当然，诺顿明白事情的真相。他在富兰克林夫妇和朱迪斯这三人的关系中看到了挑拨的可能。我想诺顿应该是先从富兰克林开始的，最终毫无收获。诺顿的阴险暗示对富兰克林这种人没什么效果。富兰克林思维清晰，黑白分明。他十分了解自己的感情——并且对外界的压力毫不理会。另外，他的工作才是他人生最大的爱好。他对于工作的痴迷使他更加难以动摇。

在朱迪斯身上，诺顿的手段效果更好。他巧妙地利用了“无用的生命”这个题目。朱迪斯坚信这一点——而且她内心隐秘的欲望与此一致，只是她自己完全没有意识到。诺顿却明白他可以对此加以利用。他的手段也很高明——

他主动站在朱迪斯的对立面上，不事张扬地嘲笑朱迪斯根本没有勇气采取那样一个需要决断的行动。“这种话所有年轻人都会说——但他们从来不会去做！”这种激将法毫无新奇之处——却十分有效！这些年轻人啊，太容易上当了！虽然自己意识不到，但他们太乐于接受这种挑战了！

而且如果没有了芭芭拉碍事，富兰克林和朱迪斯就可以名正言顺地在一起了。诺顿没有这样说——实际上他也没有公开流露出任何这样的意思。他特意强调这与个人的现实无关——没有一点儿关系。因为一旦朱迪斯认识到他在指责她，一定会做出激烈的反应。但对于诺顿这样害人成瘾的狡诈之徒来说，一起案件显然不够。无论在什么地方他都能找到取乐的机会。于是他对勒特雷尔夫妇下手了。

回想一下，黑斯廷斯。回忆一下你们第一次打桥牌的那天晚上。事后诺顿对你说的那些话，他说话声音很大，以至于你担心勒特雷尔上校会听到。当然！诺顿就是要让他听到！这种机会他怎会错过——并且他最终成功了。你见证了整个过程，黑斯廷斯，而且你根本看不出诺顿是怎么做的。基础已经打下——勒特雷尔感到家庭的负担越发沉重，他觉得自己在别的男人面前越来越抬不起头，因此越来越痛恨他的妻子。

想想当时到底发生了什么。诺顿说他口渴了，（他是否知道勒特雷尔太太就在屋里，并且一定会出手干预呢？）

上校出于热情好客的本性立即答话。他说要请大家喝饮料。他进屋取酒，你们则坐在窗外。他的妻子来了——然后就不可避免地发生了那一幕，而且勒特雷尔知道你们都听见了。他走出房间。如果当时有人出来打圆场，这件事就过去了——博伊德·卡灵顿应该能处理得很好。（他老于世故，处事圆滑，除此之外，他是我见过的最虚荣、最无聊的人！而你偏偏就喜欢这种人！）如果是你，结果也不会很糟。但诺顿赶紧开口，不停地说着各种废话，直到把事情越弄越糟。他提到了桥牌（为了让勒特雷尔想起更多屈辱的经历），而且无缘无故地扯到了射击误伤事件。接着，正如诺顿所料，老迈昏庸的博伊德·卡灵顿在他的提示下开始讲那个爱尔兰勤务兵射杀兄弟的故事——这个故事，黑斯廷斯，就是诺顿告诉博伊德·卡灵顿的，因为他知道一旦有适当的提示，那个愚蠢的老家伙肯定会把它当作自己的故事讲出来。你看，最高级的暗示并非来自诺顿本人。上帝啊，他不会那样做的！

这样一来，一切准备工作就绪，一步步累积的努力到了发挥作用的时候。临界点到了。好客的本性受到指责，加之在客人面前丢尽了脸面，勒特雷尔上校觉得你们都认为他是个好欺负的胆小鬼，并因此而痛苦不堪——这时他听到了那个能让他得到解脱的关键词。小口径步枪，意外事故——有人误杀兄弟——然后他妻子的面孔突然出现在脑海中……“万无一失——一次事故……我要让他们知道……我要让她知道……去她的吧！我想让她去死……她应该去死！”

他并没有杀死她，黑斯廷斯。对于我来说，我认为他开枪时候本能地没有瞄准，因为他不想射中。事发之后，邪恶的咒语被打破了。她是他的妻子，是他无论发生什么事情都深深爱着的女人。

这也就成了诺顿的谋划最终没有得逞的案件之一。

啊，但是他的下一次尝试呢？你意识到了吗，黑斯廷斯，你是他下一个下手的目标？回想一下吧——回忆一下这期间发生的所有事。我诚实、善良的黑斯廷斯！他对你所有的弱点都了如指掌——当然，你的正直和善良也成了你的弱点。

阿勒顿是那种你本能就讨厌和害怕的人物。你认为他这样的人不应该活在这个世界上。关于他，你听到的和想到的事都千真万确。诺顿给你讲了阿勒顿的故事——就事实判断，他讲的都是真的。（虽然故事里提到的那个女孩其实有些神经质，而且出身贫苦之家。）

这激起了你传统并有些过时的本能。这个男人是个引诱良家妇女的恶棍，他毁掉善良女孩的生活，逼得她们自杀！诺顿诱导博伊德·卡灵顿也对你灌输这样的观念。你自觉必须“跟朱迪斯谈谈”。不难预料，朱迪斯立即表示她要按照自己的意愿过自己的生活。这使你开始相信最坏的结局将要发生。

现在你明白诺顿是如何利用你的弱点了吧。你对孩子的爱；像你这样的男人对孩子的那种强烈而老派的责任感；你那稍微有些自命不凡的天性——我必须采取行动，全靠我了；缺少妻子的明智判断而给你带来的无力感；你的忠诚——我不能让她失望；再有就是你的虚荣——你觉得跟我在一起这么多年，已经熟知各种犯罪技巧！最后就是大多数男人对于他们的女儿都会有的那种内心的感觉——对把女儿从他们身边夺走的那个男人的那种毫无理由的妒忌和厌恶。黑斯廷斯，诺顿巧妙地利用着所有这些。终于你还是中了他的圈套。

你太容易按照事情表面的样子做出判断。你一直都是这样。你不假思索地相信了跟阿勒顿在凉亭里聊天的那个人是朱迪斯。但你没有看到她，甚至没有听到她讲话。不可思议的是，你第二天早上竟然还坚信那个人就是朱迪斯。你之所以高兴是因为你觉得她“回心转意”了。

但如果你当时仔细研究一下事实，就会发现，朱迪斯那天根本没有要去伦敦的计划！而你当时竟然没有联想到另外一件明显的事实：另外有一个人当天要去伦敦——并且因为最终去不成而愤怒不已。克雷文护士。阿勒顿不是那种追求一个女人就满足的人。他和朱迪斯顶多是调情，而他跟克雷文护士的关系已经远远超过了这个阶段。

不过诺顿这时又捣了鬼。

你看见阿勒顿和朱迪斯接吻。诺顿把你拉到墙角后面。

毫无疑问，他很清楚阿勒顿要去凉亭跟克雷文护士幽会。短暂的争吵之后他让你走了，但仍然陪着你。你听到阿勒顿说的那句话正中诺顿的下怀，而他把你拉走就是为了不让你发现那个女人不是朱迪斯！

没错，诺顿真的是个大师！你立即做出了反应，而且完全不出诺顿的意料。你决定采取行动。你下定决心要杀掉阿勒顿。

幸运的是，黑斯廷斯，你的朋友头脑还算管用。何况管用的不仅是他的头脑！

我在信的一开始就说，如果你还没有发现真相，那是因为你天性太过于轻信他人。别人说什么你都以为是真的，我对你说的你都相信……

但对你来说，要发现真相其实并不难。我让乔治离开——为什么？我找了一个经验更少，而且明显不如乔治聪明的人替代他——为什么？我没有看医生——我一直十分在意健康，但我甚至不愿意听你说要我看医生的事情——为什么？

你现在有没有弄明白为什么我在斯泰尔斯庄园不能离开你？我需要一个人毫无异议地接受我说的话。我说我从埃及回来之后病情更严重了，你相信了。但其实我没有。我从埃及回来之后病情好转了很多！如果你认真调查一下，是可以发现真相的。但你没有，你选择相信我说的话。我之所以把乔治打发走，是因为我没办法让他相信我一夜之间就瘫痪了。乔治对于他看到的东西有十分机智的判断。换成他，肯定一眼就能看出来我是装的。

你明白吗，黑斯廷斯？这么长时间我一直装作无助的样子，是在骗科蒂斯。其实我一点儿也不像我表现出来的那样无助。我可以行走，只是有点跛。

那天晚上我听到你上楼。我听见你犹豫了一下然后进了阿勒顿的房间。我立即警觉起来。我很熟悉你的想法。

我没有迟疑。当时屋里只有我一个人，科蒂斯下楼吃晚餐去了。我溜出房间，穿过走廊。我听到你在阿勒顿的卫生间里。虽然我知道你很讨厌这种方式，我的朋友，但我当时立即蹲下来从卫生间门锁的锁孔往里偷看。幸好门的内侧是门闩而不是钥匙，从外面能看得一清二楚。

我看到你捣鼓阿勒顿的安眠药。我立即意识到你要做什么了。

于是，我的朋友，我也开始行动。我回到自己的房间，做好了准备。科蒂斯回来以后我让他去请你。你来了，打着哈欠说自己头疼。我没有声张——只是催着你吃药。为了让我安静，你同意喝一杯热巧克力。为了快点儿脱身，你三口两口便将一杯热巧克力咽了下去。但我的朋友，我也有安眠药啊。

于是你睡着了——直到第二天早上你唤醒了自己理智的一面，恐惧地想到自己差一点儿犯下的罪行。

你现在安全了——这种事没有人会连续做两次的——

目标一旦恢复理智，什么手段都没有用了。

但这件事让我下定了决心，黑斯廷斯！因为我虽然未必了解其他人，但对你我十分熟悉。你不是一个杀人的凶犯，黑斯廷斯！但你差一点儿被当作杀人犯绞死——并且在法律看来，真正杀人的罪犯却是清白之身。

你，我善良、诚实、可敬的黑斯廷斯——如此和善，如此有良心——如此无辜！

是的，我必须行动了。我知道自己的时间不多了——这让我高兴。因为杀人最糟糕的后果，黑斯廷斯，就是它对杀人者本身的影响。我，赫尔克里·波洛，或许坚信自己肩负着对抗各种死亡的神圣使命……但幸运的是，时间不允许我那样做了。结局很快就会到来。我担心诺顿的诡计会在一个我们都真心爱着的人身上得逞。我说的是你的女儿……

现在我们来说说芭芭拉·富兰克林的死。不管你对这个问题有怎样的看法，黑斯廷斯，我估计你从来没有猜中过事情的真相。

因为啊，黑斯廷斯，杀死芭芭拉·富兰克林的人正是你。

没错，就是你干的！

因为富兰克林家的三角关系还有另外一个维度。这一点我之前也没有完全考虑到。诺顿在这一问题上的手段我们两个都没有注意到。但我确信他是这么做的……

你有没有想过，黑斯廷斯，为什么富兰克林太太愿意到斯泰尔斯庄园来？你想一下就会发现，斯泰尔斯庄园根本不合她的口味。她喜欢舒适、美食，以及社交联系。斯泰尔斯没什么乐子，庄园管理得也不好，周边的村镇沉闷得要死。但富兰克林太太坚持要求在这里度暑假。

是的，还有第三层关系——博伊德·卡灵顿。富兰克林太太是一个不安于现状的女人。这正是她神经质疾病的根源。她是一个野心勃勃的人，无论在社会地位上，还是在经济上。她嫁给富兰克林是以为他会有一个光明的前程。

他的确很能干，但不是她想要的那种。他的能干不会让他成为报纸头条，或者成为哈利街[①]的名人。他在圈内小有名气，并且在知名医学刊物发表过文章。但除此之外，世人从来没有听说过他——他也肯定没有赚大钱的机会。

而博伊德·卡灵顿就不一样了。他的家就在东边不远处，刚刚继承了爵位和一大笔钱。况且博伊德·卡灵顿一直对那个他差一点儿就求婚的十七岁漂亮女孩怀有一种温柔的感情。他去斯泰尔斯庄园之前曾经建议富兰克林一家也过来——于是芭芭拉就跟来了。

现实真让富兰克林太太抓狂！显然，对于这个有魅力

①哈利街，伦敦著名医疗街，许多知名医生在那里开业。

的富翁来说，她依然保持着旧日的风韵，但他是个老派的男人——他不会提出让她离婚。约翰·富兰克林也不会主动提出离婚。如果约翰·富兰克林死了，她就可以成为博伊德·卡灵顿太太——那样的生活该多么美好！

我想，诺顿早已发现她是一件得心应手的工具。

如果你动动脑子，黑斯廷斯，就会发现富兰克林太太的计划太露骨了。她先是试着展示一种她十分爱她丈夫的形象。在这一点上她做得稍微有点过——低声嘟囔着说要"结束这一切"，因为她是他的累赘。

然后话锋急转。她表示担心富兰克林会在他自己身上做实验。

我们当时就应该看出来的，黑斯廷斯！她是在为约翰·富兰克林死于毒扁豆碱中毒做准备。如果他真的死了，没有人会怀疑他是被人下毒——不会的，完全是死于科学实验。他喝下了看似无害的生物碱，最终证明他喝下的是毒药。

唯一的破绽是她的行为有些太迅速了。你跟我说富兰克林太太发现博伊德·卡灵顿让克雷文护士给他看手相之后很不开心。克雷文护士是一个富有魅力的年轻女士，挑选男人的眼光也很高。她曾经尝试过对富兰克林医生表白，不过没有成功。（于是她开始讨厌朱迪斯。）她跟阿勒顿保持着关系，虽然她很清楚他只是玩儿。她不可避免地将眼光放在了富有而且魅力犹在的威廉爵士身上——或许威廉爵士也早就对她心驰神往。他之前就已经发现克雷文护士是一个健康、漂亮的姑娘。

芭芭拉·富兰克林感觉受到了威胁，于是决定尽早动手。她越早变成一个楚楚可怜、引人照顾的寡妇，形势对她越有利。

于是在发了一早晨脾气之后，她开始做准备。

你知道吗，我的朋友，我对毒扁豆是怀着尊敬的。因为这一次，它成功地发挥了功用。它放过了无辜的好人，而杀死了凶犯。

富兰克林太太把你们都叫到楼上她的房间。她装模作样地煮咖啡。正如你告诉我的，她自己的咖啡放在她身边，她丈夫的咖啡在旋转桌的另一侧。

突然有人看到了流星，于是所有人都出去看，只有你，我的朋友，留下没动，沉浸在你的填字游戏和记忆中——而为了掩盖你的感情，你转动了桌子上的书架，想要查找一句莎士比亚的名句。

然后他们回到了房间里，富兰克林太太喝下了那杯本属于我们亲爱的科学家约翰的毒扁豆碱，而约翰·富兰克林则喝下了那杯本属于聪明的富兰克林太太的美味清咖啡。

黑斯廷斯，如果你想一想就会明白，虽然我意识到究竟发生了什么，但我仍然只有一种选择。我不能证明发生了什么。如果富兰克林太太被认定为不是死于自杀，那么嫌疑无疑将落在富兰克林或者朱迪斯身上。这两个人恰恰都是完全无辜的。所以我做了我应该做的事，讲述了富兰克林太太那言不由衷的想要自杀的说法，并通过强调让它听上去更具说服力。

这是我可以做到的——而且我或许是唯一能做到这件事的人。因为我的意见是有分量的。我对谋杀案有丰富的经验——如果我相信一起案件是自杀，法庭是肯定会接受的。

我可以看到你对这一结果感到疑惑，并因此而不快。但幸好你并没有意识到真正的危险即将来临。

现在我已经不在了，你是否能意识到了呢？那个想法是否会进入你的脑海中，像黑色的蟒蛇一样躺在那里，时不时地抬起头对你说："假如是朱迪斯……"

或许会的吧。所以我才写下了这封信。我必须让你知道真相。

自杀的裁决并没有让一个人满意。诺顿。他的阴谋诡计连连受阻。正如我刚才说过的，他是个嗜虐者。他想得到所有的感情、怀疑、恐惧以及法律的扭曲。这些东西他都没有得到。他一手安排的凶案失败了。

但他发现了一种挽回的方式。他开始到处散播线索。之前他装作从望远镜中看到过什么东西。实际上他想表达的正是他之前已经表达过的一个印象——那就是他看见阿勒顿和朱迪斯在幽会。但他当时把事情描述得很模糊，现在他可以利用同一件事推动事态朝另外一个方向发展。

假定他说他看见了富兰克林和朱迪斯，那么这起自杀案件将出现一个有意思的新线索！它或许还可以让人们开始疑心这究竟是不是一起自杀事件……

所以，我的朋友，我决定当机立断采取行动。我这才让你请他当天晚上到我的房间里来……

让我来告诉你到底发生了什么。毫无疑问，诺顿会很乐于将编好的故事讲给我听。我没有给他那个时间。我清楚地把我掌握的所有关于他的情况都告诉了他。

他没有否认。完全没有，我的朋友，他坐在椅子里冷笑着。是啊，我没法用别的词语来描述他当时的表情，他冷笑着。他问我接下来准备怎么做。我告诉他我想处死他。

“啊，”他说，“我明白了。用匕首还是用毒药？”

我们当时正要一起喝巧克力。诺顿先生酷爱甜食。

“最简单的，”我说，“就是毒药。”

说完我递给他一杯我刚刚倒出来的巧克力。

“这样的话，”他说，“你是否介意我喝你那杯呢？”

我说：“完全不介意。”实际上，这个举动毫无意义。正如我刚才提到的，我也服用安眠药。只是我每天晚上都服用很大的剂量，所以已经有一些抗药性，能让诺顿先生熟睡的剂量对于我来说几乎没有什么效果。巧克力中的剂量就是这种水平。我们俩一人喝了一杯。没过多久他药性发作，我这杯则没什么影响，何况我提前还服了一剂士的宁补药来抵消安眠药的药力。

要写到结尾了。诺顿睡着之后，我把他放进我的轮椅——轮椅有各种模式，所以整个过程很轻松——然后把轮椅推回到窗帘后面每天放轮椅的位置。

然后科蒂斯把我放上床。当一切都静下来的时候，我推着轮椅把诺顿送回他的房间。我剩下要做的，就是利用我优秀的朋友黑斯廷斯的眼睛和耳朵了。

你可能没发现，黑斯廷斯，不过我现在戴假发。可能你更想不到的就是我的胡子也是假的。(这个就连乔治也不知道！）科蒂斯开始照顾我没多久，我就假装失手烧掉了它，然后立即让我的理发师给我做了个一模一样的。

我穿上诺顿的睡衣，把灰色的假发梳得竖直，然后顺着楼道走到你房间门口，敲了你的房门。你马上来到门口，睡眼惺忪地往楼道里看。你看见诺顿离开卫生间，跛着脚穿过走廊朝他自己的房间走去。你听见他从房间里转动了门钥匙。

我脱下睡衣给诺顿换上，把诺顿放在床上，然后用一只小手枪打死了他。那支手枪是我在国外买的，我一直小心翼翼地保存着，只有两次（趁周围没人的时候），把它放进了诺顿衣柜的明显位置，那两次诺顿本人都在距离庄园很远的其他地方。

我把钥匙放进诺顿的口袋里，然后离开了房间。我用之前配好的钥匙从外面锁上了房门，把轮椅推回了我的房间。

从那之后我就一直在写这封信。

我感觉已经很累了——之前的一番折腾已经让我精疲力竭。估计过不了多久我就会……

只有一两件事我还想再强调一下。

诺顿犯下的的确是完美的罪行。

我的则不是。我也没想要做得天衣无缝。

对于我来说，要杀掉他最简单也是最好的方式是在公开场合——比如手枪走火这样的事故。我会表达遗憾、后悔——真是不幸的事故。所有人都会说："真是老糊涂了，竟然没发现手枪是上了膛的——可怜的老家伙。"

我没有这样做。

让我来告诉你为什么。

这是因为，黑斯廷斯，我想再和你较量一下。

没错，较量一下！有很多事你责怪我没做，其实我都做了。我要跟你公平竞赛。我这次要给你取胜的机会。我是很讲公道的。你完全有机会自己发现真相。

如果你不相信我的话，让我来给你数数所有的线索。

首先是钥匙。

你知道，因为我跟你说过，我是先于诺顿住进来的。你还知道，因为我还跟你说过，我到达斯泰尔斯庄园之后换过房间。你也知道，因为我也跟你说过，我到了斯泰尔斯庄园之后我房间的钥匙就不见了，只能要了一把新的。

所以，如果你真的问自己是谁有机会杀死诺顿，是谁可以射杀诺顿之后，还能在房间钥匙留在诺顿口袋里的情况下把房门反锁？

答案是“赫尔克里·波洛”，因为他有庄园中某个房间的备用钥匙。

你在走廊里看到的那个人。

我亲自问过你是否确定你在走廊里看到的那个人就是诺顿。你当时愣了一下。你问我是不是想暗示那个人不是诺顿。我诚实地回答说我完全没有想要暗示你那个人不是诺顿。（那是自然的，毕竟我费了好大功夫，就是要让你觉得那个人是诺顿。）然后我提到了身高的问题。我说，庄园里住的所有男人都比诺顿高很多。但只有一个人比诺顿矮——赫尔克里·波洛。而使用增高鞋垫增加身高还是相对简单的。

你觉得我是个不能自理的残疾人。可是为什么呢？因为我自己是这么说的。我遣走了乔治。那是我留给你的最后一条暗示——去找乔治谈谈。

奥赛罗和克鲁蒂·约翰告诉你X就是诺顿。

那么谁能杀死诺顿呢？

只有赫尔克里·波洛。

一旦你开始怀疑这一点，所有的事情就都能解释得通了，无论是我的言行，还是莫名其妙的沉默。我在埃及和伦敦的医生都能证明我并非不能行走。乔治可以证明我戴假发。我唯一不能掩盖的事实，也是你应该注意到的，就是我的跛比诺顿严重。

最后的线索就是那一枪。那是我的弱点。我知道我应该对着他的太阳穴开枪。但我没办法让自己做出这么歪歪扭扭、杂乱无章的事。所以，我以对称的方式杀死了他，对着他额头的正中心开枪。

哦，黑斯廷斯，黑斯廷斯，你从这一点应该能看出真相了。

不过也许你早就隐约猜到了真相？也许当你读到这封信的时候，你已经知道了。

不过我却不这么认为……

不，你还是太过轻信了……

你的天性太善良……

我还能对你说什么呢？富兰克林和朱迪斯都已经知道了真相，虽然他们可能不会告诉你。他们两个将幸福地生活在一起。他们的生活将十分穷困，他们将受到无数热带昆虫的蜇咬和未知疾病的侵袭——但是我们都有自己对于理想生活的看法，不是吗？

而你呢，我可怜的孤独的黑斯廷斯？啊，我的心在为你流血，我的朋友。你能不能再听你的老朋友波洛最后一次呢？

你读完这封信之后，乘火车、汽车或者巴士去找伊丽莎白·科尔——她就是伊丽莎白·里奇菲尔德。让她读这封信，或者告诉她信中的内容。告诉她你也差一点就做了她姐姐玛格丽特当年做的事——只是玛格丽特·里奇菲尔德终究不是机警的波洛。把她从噩梦里唤醒，让她明白她的父亲并非死在自己女儿的手里，杀死他的是那个和善的朋友，那个“诚实的伊阿古”，斯蒂芬·诺顿。

因为那样的一个女人，仍然年轻，仍有魅力，不应该因为相信自己生来不幸而拒绝生活。不，那是不对的。告诉她我的这些话，我的朋友，何况你自己也并非对女人毫无吸引力……

就到这里吧，我没有别的要说了。我不知道，黑斯廷斯，我的所作所为究竟是否合情合理。不——我不知道。我认为，任何人都没有权力将法律掌握在自己手中……

但另一方面，我就是法律！多年之前，我还是一个年轻的比利时警察的时候，我曾经射杀过一个坐在屋顶上向下开枪的暴徒。紧急状态需要特殊对策。

我剥夺了诺顿的生命，也挽救了其他人的生命——其他无辜的生命。但我仍然不知道……或许我还是不知道为好。我一直很自信——太过自信了……

但现在我非常谦卑，我要像一个小孩子那样说：“我不知道……”

再见了，我亲爱的朋友。我特意没有在床边留硝酸甘油。我想把我的生命交给上帝。愿他的惩罚，或者他的恩典，快些降临！

我们再也不能一起追凶了，我的朋友。我们第一次联手破案就是在这里——最后一次也是……

我们曾经拥有过美好的日子。

是啊，那些日子多美好啊……

赫尔克里·波洛手稿完。

亚瑟·黑斯廷斯中尉最后的话：

我读完了……仍然无法相信……但他是对的。我早就应该知道的。我看到诺顿额头正中那个弹孔时就应该明白了。

真是奇怪——那天早上我脑海深处的那个想法又重新升起。

诺顿额头上的弹痕——正如该隐的印记[①]。

①在《圣经》中，该隐是第一个犯下杀人罪的人类。上帝在该隐的额头正中烙下印记，让他在死后接受末日的审判。波洛用这一点来暗示诺顿是个罪人，而自己是印下印记的审判者。

图书在版编目（CIP）数据

帷幕：精装纪念新版 /（英）阿加莎·克里斯蒂著；李杨译 . -- 4 版 . -- 北京：新星出版社，2025. 6.
ISBN 978-7-5133-6064-7

Ⅰ . I561.45

中国国家版本馆 CIP 数据核字第 2025BE0879 号

午夜文库
谢刚 主持

帷幕（精装纪念新版）

［英］阿加莎·克里斯蒂 著；李杨 译

责任编辑 曹晓雅　**统筹编辑** 王 欢
责任印制 李珊珊　**责任校对** 刘 义
封面插图 宣 和　**装帧设计** 周伟伟

出 版 人 马汝军
出版发行 新星出版社
（北京市西城区车公庄大街丙 3 号楼 8001　100044）
网　　址 www.newstarpress.com
法律顾问 北京市岳成律师事务所
印　　刷 北京天恒嘉业印刷有限公司
开　　本 889mm×1092mm　1/32
印　　张 8.375
字　　数 155 千字
版　　次 2025 年 6 月第 4 版　　2025 年 6 月第 1 次印刷
书　　号 ISBN 978-7-5133-6064-7
定　　价 65.00 元

总机：010-88310888　传真：010-65270449　销售中心：010-88310811